神様の衣装函

徳永圀典
TOKUNAGA KUNISUKE

幻冬舎MC

神様の衣装函

初めに

本書は日本列島俯瞰記かもしれない。

一、それは、今は亡き妻・陽子とフルムーンチケットでＪＲ鉄道海岸線の全国一周旅行を果たした事。

二、住友銀行引退後、同僚と月山会を結成し関西百名山踏破を目指した事。

三、山岳ベテランの友人と日本二百名山踏破を画策し82才まで挑戦し続けた事。

人間とは分からぬものだ、中学時代、肋膜炎で一年休学したが社会人となり定年まで風邪の欠勤なし。還暦引退後から31年後の現在、まず健康で登山をものしている。現役は住友銀行在勤中、40代前半から六甲登山を始めたのが健康の元かもしれない。当時、宝塚市雲雀丘山手の自宅から多い時は年間50日登山していた。本店人事部在勤中、行友会の山岳会長を引き受け、職員に登山を勧奨した。大きな青い旗に、フィトンチッドを浴びようと白で染め抜き、参加者に考案した住友銀行ハイキングクラブのバッジを配布したり、奥穂岳から吊り尾根経由、岳沢を下ったが、初心者の頭取女性秘書等が落伍せずに下ったのには感動した。懐かしい思い出である。

以後、82才までは全国の山々の登山に集中し、百名山65、紀伊半島は殆ど踏破、現在は鳥取県界隈の登山にいそしんでいる。

郷里、用瀬町の裏山連山を用瀬アルプスと市役所に提案し地元有志により整備され今や、人気の中級コースに定着したのは格別嬉しい。

東北地方の紅葉の鮮やかさは寒暖の差と見抜いた。10才若い山友達が俊足で必死に後追いした仙丈ヶ岳を忘れないが、鍛えられたと確信する、思い出多い登山の師である。75才、6泊、念願の大峯奥駈道を踏破したのが最高の思い出だ。紀伊半島、日本の秘境大杉谷は感嘆詞そのものであった。

妻との旅行、山歩きによる日本の自然の美しさに感動、北は東北から九州まで、各地の山々、中でも北アルプス穂高岳、立山をはじめ、南アルプス、紀伊半島、東北の山々等々で神々の実在を確信した。私には何と申しても北アルプス、中でも槍ヶ岳であろうか。

平安時代からの無形文化財、流し雛の里で知られる郷里・鳥取県用瀬町宅にて地元銀行役員引退後、鳥取県の寡占紙、日本海新聞に寄稿し続けたものを見たら神様とか登山に関係するものも多く、今回それを纏めた。

美しい日本の自然は、神様の衣装函のように思えてならない。

目次

一、美しい日本の山々

一　神様の衣装函

平成14年5月23日　日本海新聞　潮流

旅についての見聞は神様の衣装から始めよう。神様の衣装のような風景は東北から語りたい。秋の十和田湖上とか発荷峠から見る周囲の絢爛豪華の錦秋は神様の衣装というしか表現を知らない。八甲田のブナの紅葉樹林の中で死ねたら私は本望である。ここは神様のしとねではなかろうか。紅葉は滅びの美という人もいるが、私にはこの世の極楽に思える。そう、奥入瀬の樹林でもいい。幾たびも歩いたが、感動と共に日本に生まれた喜びを感じる。中禅寺湖周辺の全山紅葉も見事というしかない。ここも神様の別の衣装に違いない。春の新緑は言を俟たない。新緑は命の蘇生と循環を思わせ、生命賛歌を叫びたくなる。十和田湖畔林にて、早春のある日、妻・陽子のつぶやきを漏れ聞いた。

みちのくの春はゆたかにひろがりて
キクザキイチゲひそと咲きおり

薄紫の控えめな可憐さがいとおしい。甲府は韮崎付近から見える、春の鳳凰三山の景色は神様の春の召し物のようだ。頭には雪烏帽子、身丈は赤い桃花模様、そして裾は萌黄の淡い緑色。日本ってこんなに美しい、と言って世界中に回覧板を回したい。黒部峡谷の衣装も神様模様だ。あれは普段着かも知れない。荒々しい仕事で擦り切れているようだ。京都は常寂光寺の黄一色の紅葉、これは神様が都会に遊びに出られたお洒落着なのであろう。京都といえば洛北にある後水尾上皇の修学院離宮の豪華さも忘れられない。離宮正門近く、モミジの真紅の衣装は神様の何の衣装であろうか。日本の神様は衣装持ちのようである。神様の正装は文句なしに伊豆半島から見た富士山の麗姿であろう。ここは日本の神様が裃――カミシモ――の正装をしてお迎え下さる正面玄関である。そして奥座敷の箱根に案内して下さる。渡り廊下の十国峠から相模湾とか駿河湾を見渡して古代から多く歌われている。

あめつちの　分れし時ゆ　かむさびて　高く貴き駿河なる
ふじの高嶺を　あまのはら　ふりさけみればわたる日の
影もかくらひ　照る月の　光も見えず　白雲も　い行きはばかり

時じくぞ　雪は降りける　語りつぎ　言ひつぎ行かむ
ふじの高嶺は

反歌
たごの浦ゆ　うち出でて見れば　ま白にぞ
不尽の高嶺に　雪は降りける

源実朝も政治家でなく歌人のほうが幸せであった人だ。

箱根路を越えさりゆかば伊豆の海や沖の小島に波の立つ見ゆ

私も愚作をつくる。

片瀬なる岩場の海に黒潮が青く砕けて白く散るかも

伊豆半島付近の駿河湾も相模灘も海が実に明るいコバルトブルーで魅惑的であり一時期妻と共に没頭した。将軍や殿様クラスの衣装は全国どこにでもあろう。

春はどこでも

長い冬を忍んで待ちに待った早春の3月、新緑を待ち兼ねて、山々に出かけるのももどかしいような木々、散々に歩き回るも新緑はまだまだと疲れて帰宅する。一風呂浴びて庭の樹木をよくよく見れば、新芽や蕾は満を持して膨らんでいるではないか。春は枝頭にあって既に充分、これが早春の風景だ。それからつかの間だ。遠くに眺める森の梢に先ず、ぼやけたような薄茶色が霞む。それが次第に萌黄色となり、薄緑となり新芽がふいてくる。この頃の期待感は命の蘇りを待つ思いで私の最も好きな季節である。その前に桜前線が日本国中をあっと言う間に北上する。染井吉野桜もいいが、私は楚々とした風情に見える山桜が針葉樹林の中に控えめに咲いている姿を好む。群生しないのもいい。印象的には京都の保津峡であろうか、両岸のそそり立つ山々の斜面に垣間見える。桜といえば伊豆の河津桜は2月に咲いて温泉情緒を高めてくれる。箱根桜の花の小ぶりもいじらしい。岐阜と富山県境に近い御母衣ダムの樹齢４００年の荘川桜の物語は感動的である。岐阜の淡墨桜はなんとも言えない不思議な桜樹だ。東北は角館の土手桜、弘前城の爛漫たる桜花には圧倒される。お城や武家屋敷の歴史美が格調を高めている。京都は円山公園の枝垂桜は夜が豪華で華やかだ。その昔、用瀬の我が家の大裏にあった老枝垂桜は、離れの新建《しんだち》で祖父や両親が楽しんだが間違いなく庶民の衣装だ。倉吉は打吹公園で妖艶な美人桜の花吹雪を浴びた。

たおやかに　袖ひるがえす　しだれ桜

忘れていた、奥琵琶湖は海津大崎の桜は一見に如かず。湖の船上からは更にいい。

二　美しい日本の山々

平成10年4月6日　日本海新聞　潮流

例年一月、二月には関西の山々の霧氷や樹氷を楽しんでいる。今年は暖冬であったが二月初旬奥吉野は高見山の素晴らしい霧氷を満喫した。海抜千二百四十九米。富士山をスリムにした姿の美しい山である。

里では立春を過ぎると日に日に陽光が充満して冬は峠を越える。

三月になると最早や春本番と感じるが自然の営みは緩慢で三寒四温を繰り返す。私は春を待つこの季節が大好きだ。待ちきれない春を思い近くの山々に登り春の気配を探る。終日春を求めても山々には気配すらなくまだ冬である。疲れて家に帰り庭の樹木の枝を何気なく見やれば枝には蕾がすっかり膨らんで春は既に十分である。私はこの季節のこの期待感、春を待つ三月を好む。

四月になると日本列島は桜前線が駆け抜ける如くアッと云う間に北上する。里では染井吉野桜が華やかだが各地の山々の緑の間に点在する山桜のそそとした風情がとても日本に似合うし好きだ。

この頃伊豆の明るい海は初夏に近く富士山と良くつりあう。峠の雰囲気を好むがわけても箱根峠では源実朝でなくとも真鶴半島や相模湾駿河湾を見渡せば歌が幾らでも湧いてくるから不思議だ。海岸の白砂青松と潮騒は心を和ませる。

生けるごとくかえりて寄する今井浜　さ夜ふけて見ゆ白きいぶきを

然し何と言っても新緑の素晴らしさであろう。三月、山々の眠っていた木々の梢にかすむ薄茶色のもやが四月にかけて次第に萌黄色となるのがたまらない。山々を眺め最高に楽しめるのがこの季節だ。生命の再生循環、新しい命の誕生か復活か。若い時には気づかない命溢れるものに魅入られる時だ。

この時期から登山は更に活発化する。何故なら新緑前線も北上するし山中のしたたる様な緑が直に楽しめるからだ。

五月の山々に就いて世界的女性登山家の田部井淳子氏は云う。「春なら山梨県の鳳凰山。上には残雪、中ほどが一面のピンクその下が淡い蓬色の新芽で萌えている頃なんか世界中に回覧板を回して日本ってこんなにきれいなのよって教えてあげたい」と。私も幾度この思いをして登ったであろう。

山々の緑に圧倒され感激して白神山地のブナの里親に孫の名前共々登録した事もあった。されど東北には無いが新潟以南の松枯れが気にかかる。

六月、東北は出羽三山の月山神社に初めて登りし時、

神道の髄を見たるか　み社に霧たちたるは神立ちませる

この時の荘厳を通り過ぎ神霊に触れた思いを忘れない。

七月八月は勿論北アルプス。可憐なる高山の花。涸沢のあの降り注ぐ様な満天の星の清麗さ。上高地、穂高連峰、立山連峰、そして白山の山々は厳しい友達だ。自分を鍛えてくれた友だ。富士山は眺める方がいい。山や峠に魅入られて早や四半世紀、一年に五十三日登山した四十代が懐かしい。

九月になると京都の北山とか比良山系、葛城・金剛山系ときに台高・大峰山となる。六甲山系は足のトレーニング地。六甲全山縦走五十六キロは本格登山へのパスポートであった。初期には植物図鑑を手に花や樹木を調べた懐かしい山々である。

十月は何と言っても東北は八甲田、八幡平、吾妻、安達太良、岩木山ついでに十和田湖近辺の山々の紅葉、痺れる様な奥入瀬。東北はナナカマドの赤が目立つ。黄色が特に鮮やかな八幡平。広葉樹林は生命の源、神々からの授かりものだ。

田部井淳子氏に云わせると東北の紅葉はもう神様の衣装ですと。西日本では黒部峡谷、大台ヶ原大杉谷はもう感嘆詞そのもの。中国地方は言うまでもなく我が鳥取県の大山。信州の空は白い雲が良く似合う。車山、横手山・渋峠からの大展望は晩秋の晴れた日が素晴らしい。富士から北岳、木曽駒ヶ岳そして北アルプス、後立山連峰の白銀は列島の中心を実感させる。軽井沢は夏も素敵だが夕方近く碓氷峠から見る妙義山あたりの重畳たる山並みには深いものがある。

何と素晴らしく美しい日本の山々であろうか。山も海も日本の自然は優しい。素晴らしい日本の自然と四季。さあ、春本番だ。山々が招いている。

三　早春讃歌

平成14年6月4日　日本海新聞　潮流

まだ新緑には早いと思いながら妻と奥日光にある湯の湖界隈を散策したのは皐月の半ばであった。ここら辺の高度は海抜1500米はあるから新緑満開には少し早い。それでもホテル界隈の桂の大樹林とか裏山の白樺とか新緑の芽立ちであるが全山が白い樹皮と淡い緑で画のようだ。木漏れ陽のさしている中の逍遥に私はいつも満足する。湯の湖を背にして多くの素人画家が山々を写生している。ここを下って行くと湯滝、光徳沼、戦場ヶ原そして小田代原から竜頭の滝を下れば中禅寺湖となる。電気自動車で小田代原樹林の中を静かに走り抜けつつ鑑賞し中禅寺湖の西端に至るのだが白樺貴婦人とか唐松の新芽が美しい。人間は緑の木々に囲まれるとどうして至福の気持ちになるのであろうか。ブナ林が主体だがツツジも咲いているし青い針葉樹も散見されてバランスがいい。途中で下車し竜頭の滝まで川沿いに沿って歩む。セセラギの音がまた心を慰めてくれる。鳥の囀りがまた堪らない。戦場ヶ原の森では梢からカッコウ、カッコウと心地よい涼やかな音楽も聴かれる。いろんな鳥の鳴き声を懸命にパソコンで聞くのだが中々覚えられない。

竜頭の滝近くになるとツツジも一段と多く華やかで大勢の観光客が激流と奔流の渓谷美を楽しんでいる。中禅寺湖畔の散歩道も雰囲気がいい。鱒の養殖場で一服し昼食のお握りを食べる。きれいな水が流れる池が沢山ありツツジも映えて有料だが素敵な憩い場となっている。湖岸の西に到ると男体山の雄姿が西日に映えて美しい。ホテルに帰り明日は湯の湖の奥、憧れの金精峠を抜けて群馬に行く予定を車の便がなくやめる。かわりに日光の田母沢元離宮や輪王寺庭園の新緑を楽しむ。アジサイの葉を一枚頂いて自宅に移植した、どんな花か待ち遠しい。

夏はやはり信州であろうか。登山好きな私には上高地から涸沢、穂高岳となるのだが妻との旅行ではそうもいかない。軽井沢は今や通俗だが、当初はあの大木のモミとかヒマラヤ杉の鬱蒼たる冷やりとした夏には感動した。自転車でスイスイと涼しい散歩もしてみた。可能なわけはないが、夏はココに住みたい、羨ましいなと思ったが大別荘の所有権が転々と変わる栄枯盛衰を聞いたり軽井沢の厳冬を聞いて怖気づく。万平、鹿島ノ森、プリンスホテルなどを経験すると、奥地の塩壷、星野温泉で小鳥の囀りを聞けるなど実質的なものに変化してきた。新幹線の駅が出来てから昔の情緒も無くなり魅力を感じなくなった。それでも旧碓氷峠見晴台から眼下に見た軽井沢とか妙義連山に夕闇せまる深い山並みには暗愁を感じて忘れ難い。

　信州はなんと言っても浅間山だ。白い雲と抜けるような青空とこの山はとてもよく似合う。近年は蓼科が私達のお気に入りとなっている。庭園と彫刻の素晴らしいホテルだが温泉もある。ここらは日本の中心で白樺湖も近いし車山の展望は３６０度だ。富士山から八ヶ岳は言を俟たないが、南アルプス、中央アルプス、御嶽山、北アルプスと遠望できる。リフトで登頂できるし高山植物も多く老夫婦にはもってこいだ。諏訪湖の夏は藻の繁殖で緑色となり汚く失望する。厳冬の神渡り神事の湖とは思えない。諏訪神社の神様もお嘆きであろう。

　少し失望したのは小諸である。小諸なる古城のほとり雲白く遊子悲しむ、の島崎藤村の詩は大昔の話だ。眼下を流れる信濃川の雰囲気は素晴らしい。小海線は時間がかかるが、小淵沢から甲斐駒ヶ岳の雄姿を楽しみつつ、八ヶ岳も見られるし、清里など避暑地の樹林を眺め徐々に高度をあげて日本最高標高駅も通過してノンビリとしていい。私達は老人でもあり人ごみを避けたく夏休みとか冬休みとか連休の旅行はしない。だからサービスがいいのかもしれない。

四　ホトトギス

平成13年5月5日立夏　日本海新聞　潮流

「卯の花の匂う垣根にホトトギス　早も来鳴きて忍音もらす夏は来ぬ」

これは佐佐木信綱の詩であり、名歌、夏は来ぬの歌詞である。ホトトギスは夏を告げる鳥として知られている。花の匂う垣根にホトトギスが鳴く風情は今は遠い懐かしいこととなった。昔から季節を知らせたり農事に関係深く日本人には大変なじみの深い鳥で、万葉集には１３２首も歌われている。明治の歌人、俳人、作家もなぜかホトトギスをもてはやしている。ご存じの子規の雑誌「ホトトギス」、徳富蘆花の「不如帰」、坪内逍遥の史劇「沓手鳥孤城落月」がある。その名も、あやなしどり、くつてどり、うづきどり、しでのたおさ、たまむかえどり、よただどり、時鳥、子規、不如帰、杜鵑《とけん》、蜀魂《しょっこん》、杜宇《とう》、夕影鳥と数多くの名前を贈呈して並々ならぬ愛情をこの鳥に寄せている。

万葉集はホトトギスを「霍公鳥」とし「郭公」は「呼子鳥」と区別しているのに、古今集は郭公をホトトギスと読ませている。ホトトギスと郭公は同じ属種とされるが鳴き声は全く違っている。郭公は名の通り、カッコウ、カッコウと涼やかに鳴きたてる。ホトトギスは鋭くキョ、キョ、キョとも聞こえ悲痛で陰気で決して優雅ではない。夜も鳴くので不吉な鳥とし冥土の鳥と忌み嫌った所もあるのに文人、歌人、作家達に詩情を呼ぶのだから不思議である。

鳴き声は俗にテッペンカケタカと聞こえるというが私には子供の頃から哀調を帯びて物悲しいオトトキタカと聞こえ悲しい物語の記憶も残っている。鳴き声の連想から、特許許可局も記憶にある。江戸の頃はしきりに鳴くので頭痛がするほどであったと何かで読んだことがあるが明治になって首都の開発が進み武蔵野の森の緑も無くなり姿を消してしまったのであろう。

ホトトギスは夏の代名詞でそのさえずりは山の森には欠かせないのだが声だけが移動しているようで姿は捕まえ難い。鳴きながら上空をヒラヒラ飛んでいる時に眼に触れやすい。明け方の夢枕にこの鳥の声を聞きハッと眼がさめて空を仰いでも行方も分からず、夢であったかと歌った百人一首は後徳大寺左大臣の「ほととぎす鳴きつる方をながむればただ有明の月ぞ残れる」とあるのはこのことであろうか。

そのホトトギスの声だが子供の頃に用瀬の裏山で聞いて以来久しく聞くことがなかった。ところが、思いもかけず聞いたのは一昨年の夏のことであった。大和の奥は吉野と境を接する竜門岳で聞くことができた。吉野から急な山を登り、神武天皇伝承のある女坂峠に向かって縦走する途中、室生寺を襲った台風で、なぎ倒された倒木の散乱する明るい傾斜地で休んでいた時、尾根筋から突然、キョ、キョ、キョと鋭い声が空に響いた。「あっ、ホトトギスだ」と思った途端早くも山裾に姿を隠してしまった。関西では中々聞けないだけに、暫く興奮が覚めやらなかった。

それにしても、カッコウと鳴くから郭公と名づけられたことは分かるがホトトギスと呼ぶのはなぜであろう。漢字が入る前から、この鳥はホトトギスと呼ばれていたらしいが、なんと雅やかな名前であろう。鳥の名前にしても、花の名前にしても、日本人の詩的な感性が日本語に滲みでている。一つの花にしても鳥にしても、漢字表現は幾つも変化する。郭公も呼子や、換呼鳥から閑古鳥と詩的に使い分ける知恵も、他国には見られない日本語独特の情緒的な表現である。古稀を迎えたこの歳になり、日本語は美しいなあ、とつくづく思う。京の都の歌詠みはその声を珍しがってホトトギスの初音を聞きに連れ立って山深く入る物好きもいたという。

されば、私も今年は初夏の頃、友を誘い竜門岳でホトトギスの声をもう一度聞いてみたいと思う心や切である。その時は、ホトトギスよ、いつか聞かせてくれた声をもう一度、私に聞かせておくれ。

平成10年12月2日　日本海新聞　潮流

五　思いつくままに

はやきもの

それは水の流れ、百代の過客、光陰などと書き連ねると大層な調べとなるが還暦と共に一市井人となりて過ぎ去りしここ七年は矢の如しであった。この間敬愛してやまないまだ若いといえる知人友人の死をただ呆然と然し厳粛に受けとめた。悠々たるかな宇宙のことなどと思いを馳せていても天地自然の創造進化の必然は一刻の休みもなく粛粛と行われている。人の生死の後先などはつかの間のことなのであろう。

微妙なるもの

初夏のこと、とある昼さがりクラシックを聞きながら屋敷の庭をいじる。驟雨《しゅうう》に驚くがままよと濡れるにまかせるも冷えるので切り上げる。明るい浴室で温かいシャワーは心地よい。衣を替えて実に爽快な気分で書斎に入る。机上には友より文きたる。急ぎ封をひらけば懐かしい数々が心を豊かにしてくれる。持つべきは心の友なりとふと窓をみれば夕立は去り早や薄日がさしている。庭の樹木に眼をやれば雷雨は雨滴となり青葉、青葉を伝わり落ちて時折キラッと露光る。思わず硯を持ちて受けとめたい衝動が湧く。五滴六滴で硯《けん》海《かい》は既に満潮。落ち着いた心で墨をする。友への筆をとる。陽はまだ高い。

人間の暮らしとか営みには微妙なるものがある。自然で素朴なのがよい。現代諸悪の根源は成長至上主義にある。人物育成も経済も追求が余りに急すぎた。組織の自己増殖の過程でそれを失ったであろう現代人の悲哀が聞こえる。微妙なる営みの中に人間らしい含蓄、風韻が生まれる。その為には発酵と熟成の時が要る。それには自然になることよ、虚を以て養うこととよとの内なる声が囁き呟く。

失せてゆくもの

若さとは何と素晴らしきものか。未来がある。いのちが溢れている。万金のカネ地位など比較にならぬ。若さのさ中はその価値に気づかない。失って初めて知る。加齢と共に父も母も失い友も失ってゆく。老齢になり健康も一つ二つと失ってゆく。それが生けるものの定めだと沁々と知る。

ついのもの

近年日本の古きものに一段と関心を深める。人間は加齢と共にルーツを求めるのであろうか。自分を産み且つ育てた大自然への愛着。友なる山川草木。そこに生まれる生きとし生けるものへの熱い眼差し。人間は皆同じという連帯感。どんなお方も人生で尊いものを学んでおられる。人間互いに師であり友であると切に思う。人間の表層に付着する世俗的なものは一過性に過ぎぬ。これに囚われるとものの本質を見失う。人間の在り方の基本は恭倹であり慎独だよとおっしゃった安岡正篤先生の俤《おもかげ》の浮かばぬ日はない。

先般、阪急電車で無心に読んでいる老婆に驚嘆する。近来、苦心探求中の『正法眼蔵』ではないか。日本の庶民はレベルが高い。仏教に関心を持って久しいが般若心経は高神覚昇師で自分なりのものとし朝の読経は懈怠《けたい》ない。東大寺前管長の平岡定海師が二月堂ご住職の頃、般若心経の中から所望通りに揮毫して頂いた私の究極の悟言を軸にした「心無けい礙　無けい礙故　無有恐怖　遠離一切」である。一切は心より転ずと頭で理解していても解脱は至難である。只管打座もせず身心脱落出来る道理はない。まさに迷悟は我にありだ。そこにさる高僧の話で多少安堵する。曰く、成仏とは生きて悟る即ち人間らしい人間になる事だと。今からでも遅くはあるまい。来たるべき日までの一日、一日を修業と心得たい。

生きてこそ

密かに思う。迫りくる更なる老いと旅の終わりを。人生への諦観が自然に深められ静かな心で迎えたいと。大河への合流が自然であれと。身は大自然に還るとも心事は留めたいとも。そして静かに人知れずお暇乞いをとも願う。瞬間は自他も時空も超えたまどろみの中であろうか。

母なる大自然に同化される日まで、生かされる日々を生き生きて生きたい。往生は一《いち》定《じょう》なるが故に生きてこそ日々是好日《にちにちこれこうにち》でありたいと願う。

六　純の純なる日本的の山の姿

平成18年12月4日　日本海新聞　潮流

それは大峯奥駈道《おおみねおくがけみち》の事である。初めてこの山の奥秘境へ足を踏み入れた時、鬼気の迫るような悽愴《せいそう》な気持ちに襲われた。森林と渓谷の測り知れない深さ、そそり立つ岸壁の物凄さ、高い湿度により生ずる陰湿、熊や毒虫の不安、その昔、役《えん》の行者以来集積された歴史に絡まる畏怖すべき伝説など様々なものから醸《かも》し出される空気が確かに存在する。

紀伊半島の脊梁《せきりょう》をなす大峰山脈は近畿の屋根であり、全長100キロを超える山波に途絶えることなく一筋の岨《そま》道が延々と続き「大峯奥駈道」と言われ中世からの日本最古の山岳宗教修験場である。始点は吉野・蔵王権現堂、終点は熊野本宮大社。山岳登山に興味を抱き特に70歳を過ぎてから猛烈に挑み、関西百名山を殆ど踏破した私が大峯奥駈道に収斂《しゅうれん》されてゆくのは自然であった。吉野から熊野まで、大先達《だいせんだち》と呼ばれる山伏でも、最低5泊を要する。特に太古の辻からは、2泊の自炊を必要とし、少し前までは、道無き道のようで至難なものとされていた南奥駈道と称する奥駈道後半である。ここは人影も無く、落雷により大木の立ち枯れや、台風による巨木の倒木は数知れず、千古斧を知らぬ古色の原生林風景に溢れている。

「純の純なる日本的の山の姿」と住友山岳会著『近畿の山と谷』にある通り日本に残された最後の大自然に違いない。私は、一気に踏破する自信も勇気も無く、数年かけて断続的に挑戦し続け去る5月遂にその南奥駈道を終えた。近鉄吉野線大和上市からバスで前鬼口まで乗り継ぐこと2時間半、さらに山麓の小仲坊の宿まで登り3時間。宿の主人は平安時代「役《えん》の行者」の弟子、前鬼・後鬼の後鬼の末裔・五鬼と称される61代目。

翌朝午前5時、18キロのリュックを背負いこの谷の遡行を開始し稜線にある奥駈道、太古の辻まで2時間半。そこから南奥駈道がスタート。既に大峰山・釈迦ヶ岳・弥山などは吉野からすませているが、ここまで4泊必要とする行程である。

初日は約10時間歩行で幾多の原始林の山々の登り下りを重ねて持経小屋にて自炊しシュ

ラフにもぐる。水は谷まで汲みにいく。2日目は午前4時半から歩行開始、12時間かけて次の宿を目指す。途中には笠捨て越えという長くて急峻な登り、急激な下り、そして槍ヶ岳と地蔵岳という岩稜の最大難所が控えている。石楠花の咲き乱れる三角錐の岩尖の峯を鎖や木の根を掴み、上下しなくてはならない。これは文字通りの真剣勝負命懸け。基本の三点固定で風景など見る間もない。幸い快晴であったが、風雨では危険極まりない。姥捨《うばすて》山であったという不気味な香精山の稜線を行く。午後2時台でも真っ暗な杉林の急降下のような道は少しも油断ならない。貝吹金剛から塔の谷の大森林を1時間かけて下るのだが、何とか4時台に里に下らなくては道を迷う恐れ。ヒルに注意しながら風のない谷間の蒸し暑さに閉口しつつ下山、民宿の小さいお風呂で人心地がつき老夫婦の親切に心温まる。

翌朝、再び稜線に登り、奥駈道にでて神武天皇のヤタガラスで有名な神代杉・千年杉の聳える玉置山・玉置神社に向かう、宝冠の森に横道し午後3時到着。十津川温泉掛け流しの露天風呂と美味しい夕食で人心地。最終日は熊野大社近くから古式の熊野川下りの舟で新宮まで1時間半、熊野川情緒を楽しむ。熊野川界隈の雄大な風景を楽しみつつ新宮速玉大社へ75才結願御礼の参詣を終えた。

七　落葉・広葉樹林

平成13年8月3日　日本海新聞　潮流

亭々として鬱蒼たる大樹の緑陰を好む。大樹でも落、広葉樹は特にいい。関東以北の自然を観察して智頭に入ると車窓に見える杉の美林は確かに緑が瑞瑞しいが山々は暗い。経済林の針葉樹が主で落葉樹が少ないからだと思う。登山好きの私には針葉樹の下は死の世界に映る。落葉樹林には多くの植生があり微生物も多く存在して大地が生きている。落葉樹ではないが常緑樹は楠の大木もいいが当地方に少ない。ケヤキを更に好む。県民会館前のケヤキ並木の木漏れ陽の中を久松山を仰ぎながら自転車でスイスイとペダルを踏むのは快適だ。その昔は我が家の大裏の大ケヤキにトンビがとまり小鳥が囀るのを朝夕眺め楽しんだ。

去る5月下旬、新緑を追いかけて奥中禅寺湖は湯の湖界隈を数日、妻と共に逍遥した。白樺貴婦人のある小田代原から戦場ヶ原、光徳沼と、白根山麓付近の素晴らしい落葉樹の新緑を満喫した。森の中は不思議と人間に優しい。桂の大樹林は春の新緑も秋の黄色も感動的である。ブナ樹林の木漏れ薄陽の中を、時に清流のせせらぎとか滝の音を聞きながら散策する時には至福すら覚える。

私は車窓からの森とツリーウォッチングを旅行の楽しみとしている。バードトゥイッターヒアリング、森の梢からカッコウ、カッコウと涼やかに鳴く郭公の素朴な鳴き声に心は更に和む。

東北や信州に妻と毎年訪れているが山々は春も秋も将に神様の衣装のようで素晴らしい。八甲田、十和田湖、奥入瀬、蓼科等々、あの地方の樹相は明るい。東北は木の実が多く、縄文時代に古代文化が花開いた理由も頷ける。

そういう観点で言うと、鳥取は樗谿《おおちだに》から本陣山付近は落葉樹が比較的多い。故に多くの小鳥が飛来してくる宝の山だ。新緑を愛でて良い気分で下山した途端に、原色の反自然的な実に風景を乱す不粋な建物に出くわす。建設費70億円とは驚き。この建築センスは誰の産物なのであろうか。自然の風土良俗を乱す存在である。

それに比して、隣接する京都は東山風の啐啄園、春の新緑、夏の涼と深緑、秋の紅葉と実に素晴らしい。周辺の自然環境とよく調和している。私は個人篤志家のほうに軍配を上げる。

小鳥の鳴き声に関心を持つが鳥は中々敏捷で姿を捉え難い。

去る立夏の頃、愕谿近くの我が家でホトトギスの声を聞いたがホー、ホーとフクロウの鳴き声も長閑で幼い頃の神社の老杉を思いだす。

樹木といえば東北のある町の街路樹はナナカマドで赤い実の風景は印象深い。鳥取市内は寺町通りの楠木の街路樹を昨年、サンザンに散髪をしたが夏の陽ざしを避けてアスファルトの炎暑を和らげるものをガリガリに剪定してしまうのは頂けない。誰の指示であろうか。そう言えば、愕谿から本陣山の登山ルートの道を、裏道までコンクリート舗装して土と落ち葉を踏む喜びを抹殺してしまった。いい雰囲気のそま道が台無しとなった。担当者は現地を見て判断したのであろうか。あれは不要な事業であった。サービスのつもりか、机上の感覚で決めたのか、業者任せか。自然との調和とか人間の心の潤いとかを考慮したのであろうか。どうしてこんな事になってしまうのであろう。

東京には武蔵野の面影が残っており一時は都内の森巡りに躍起となったことがあった。航空写真で見るとあの大東京に皇居や明治の森、代々木の森を始めとした森の数々が都内を占拠している。皇居の奥の奥まで拝観した事があったが大自然そのままで甚く感動した。京都は関西在住50年のお蔭で知っているほうだが住友別邸とか真々庵、野村別邸など非公開のものに素晴らしいものが温存されている。京都は観光客ずれして庭園料金が高くイジマシイ印象を受ける。

東京は大らかで入園料も実に安い。庭園も大木が多く大スケールで一時は東京の庭園巡りに凝った。皇居近くの高層ホテルから皇居とか青山東宮御所の森が雨で霞む風景はいいものだ。東京といえば私は千円の昼の弁当にも関西と一味違う江戸の粋を感じている。大阪は決して食道楽とは言えぬ。京都には高く見せるノウハウがある。確かに色んな点で東京には江戸文化の心意気が残っていると見る。大阪は大阪城と万博公園の森程度か。神戸は住まいが近かったが六甲連山と海が実によく調和し震災前は外国が街にあるようなセンスで私には第二の故郷と言える。新幹線新神戸駅裏10分で深山幽谷となり雌雄の布引の滝のあるのをご存じであろうか。

ヨーロッパは森が激減したらしい。ギリシャのエーゲ海も地中海も魚が極めて少ない事と因果関係があると聞いた。森林が減ると文明も滅びるという学者もいる。日本は山を伐採しても30年経つと復元する気象条件に恵まれた有難い島である。その島が今や戦後のコンクリート文明のためにゴミとダイオキシンに汚染され日本のウォーターは見る影もなくなった。落、広葉葉樹林の激減は人類と文明へ致命的報復を果たしつつある。

八　日本の自然は優しい

平成8年4月18日　日本海新聞　散歩道

例年より一ヵ月以上遅れて水仙の花がやっと咲いた。今年はもう咲かないのではと思っていたのでとりわけ嬉しい。これは各地で見られる現象でどうやら昨年の異常日照りが原因と思われる。ところで欧米では、日本食は「健康食」として通っている。例えば牛蒡は大変健康によいが世界で食品としているのは日本だけらしい。中国が原産だが中国では早くからこんな木のようなものは食べられないとしたらしい。それを日本が改良を加えて今日のものに仕上げたと聞いた。改良は日本のお手のものだ。米国では蜜柑は「テレビオレンジ」と云われるらしいが本当に美味しい。林檎もそうだ。鳥取の二十世紀梨はジューシーと云われ輸出も年々増加している。他国の食べ物と比較しても日本食の美は芸術的でさえある。和菓子などフランスでもてはやされている。繊細な感性が漂っているからであろうか。動物では日本猿が冬の寒い時に露天風呂で温まり目を細めている姿には誰でも親近感を覚える。柴犬と云われる日本犬も小じんまりと利発でかわいい。日本の動植物が優しいのは日本の自然風土が優しいからである。温帯で梅雨のある日本ならではのものであろう。人間も所詮は風土の産物である。熱帯地域の動植物は原色で気性も日本産と違う。欧州は日本より格段に寒い。古代史時代、日本という島はまさにグリーンランドとして緑の広葉樹林に覆われていたと云われる。想像するだけでも素晴らしい島々であったと思われる。

その日本、今は多くの山は乱伐され河川の水は枯れている。海岸線も河川の堤防もコンクリートで固められている。鳥取砂丘が縮小するのは至極当然なのである。河川から自然に運びだされる土砂が河川とか海岸の堤防で遮断されている。それは河川の上流から流れてきた有機物を媒体とした生態系循環が遮断される事となる。有機物と河川とか海岸の土砂との交流が無くなり微生物の微妙な動きを妨げ水の浄化作用が無くなっている。我々の飲料水や生鮮食料品に死活的打撃を与えている。近海魚激減の原因でもあろう。野菜はハウス生育である。エネルギーを使って育てながら昔のような栄養分は無い。このような事が続けば自然の産物の一つである人間も長い間には本質的異変が生ずるのは時間の問題と思われる。なぜ、旬の自然ものを食べないのか。その努力を人間はなぜ放棄したのか。アトピーの子供が増えるのは道理と云うものである。

前述のように世界でも恵まれた自然環境に居住しているのに現代日本人は見かけの繁栄

の陰で大切なものを失ってしまった。宝とも云える水田風景も消え去る日が来るのであろうか。ここにもお金万能の現実が垣間見れる。みんなが欲張りとなったのであろうか。人間の幸せとはこんなものでは無い筈だ。工場地帯の空気に発癌物質が欧米諸国の１２００倍もあるとの報道を最近見た。我々はこの辺で「成長至上主義」と決別した考えを持たなくてはならないと思う。さもないと後世の史家に、20世紀に日本と云うコンクリート文化の国があったと云われかねない。

九　森に思う

令和2年6月13日　日本海新聞　私の視点

登山で私の至福のひと時は高度８００米辺りのブナの新緑樹林帯を歩く時だ。ドイツ人の森歩きは有名、だがドイツの森林はモミやトウヒの針葉樹の黒い森でここ百年の植林、十七世紀まではブナやナラの落葉広葉樹林であった。中近東、当初から砂漠ではない、古代シリア、レバノン地域もレバノン杉伐採で森林は消えた。北西欧州の大地はブナやナラの大森林であったが消え失せた。十二世紀、欧州は大開墾時代でキリスト教宣教師は森を切り開き開墾。西洋の原理＝神と白人に奉仕の為に森は存在するとして伐採、都市を作り大自然を生贄にした。国土に占める森林率世界一はフィンランド74％、二位日本68％、三位スウェーデン67％。先進国で素晴らしい森林があるのは日本だけだ。米大陸東部も17世紀迄は大森林地帯、どうやら森林破壊は西洋の原理である。

日本の神様は森林から生まれたと思う。山々は神の棲む場所であり、西洋の如く山を征服するという概念は無く登山は明治になり西洋人から学んだ。日本には古来より植林の思想があり明治神宮の森は広葉樹林で全国各県からの寄付によるもので植林の思想・伝統が活かされた。

ゴビ砂漠は年々北京に接近中。中国国土の27％は砂漠化しその原因は、過伐採32％、過放牧30％、過剰耕作23％、水利用失敗9％、砂漠の移動6％、殆ど人為的である。

日本文明の永続は森の伝統文化に起因するが、戦後日本も他国の森林を食い荒らし、いま中国がそれに続くと言えるのではないか。地球は本来人間だけのものではない、地球に生存する動植物は生き物として同権、同格、そのバランスが保たれてこそ健康な「人間種」の生活も有ると思えて仕方がない。

十　日本の原理

平成29年1月11日　日本海新聞　私の視点

人間とは間違えるものであると齢86ともなると断定的に思われる。人類も間違えつつ進歩した。一人の人間も若い時と還暦近くなると真反対の変容を見せる人もある。歴史を見て、国家とて所詮は人間が運営するから間違える。

宗教も、実際に神様や仏様を見た人間は存在しないが元祖の人間が見たような事を言ったに過ぎまい。その人間のそれを何千年も信じたままというのも奇妙である。だからそれらの国は安定しない。

人間は間違える存在である。だが、大自然、大宇宙の存在物は全て絶対的存在で、存在自体は少しも変わらない、不変である。大自然に存在している存在物は全て絶対的存在であり、存在自体には、正も邪も、善も悪もない。正邪善悪は相対的なもので人間のご都合である。太陽はその大自然の中心的存在で絶対的存在として大自然の中心に位置する。

その太陽を天照大神として神道の御本尊として仰いだというのは、地球の存在物・人間の在り方として実に大正解であった。間違える存在・人間の作り出したイデオロギーを国是とした国々は、常に革命により国民は血を流すことを繰り返している。日本国はこの天照大神、即ち大自然を恐れ慎み畏敬し大自然の原理に忠実に順応してきたから地球の存在物として地球の原理に合致していることとなり連綿たる継続性が日本に付与されたのも当然なこととなる。だから二千年間、日本は連綿と続いていると考えることができる。国民も国を信じて疑わない。殆どの国民が日本人として生きたいと願っている、一部の外国のように9割近くが外国へ移住を希望するということにはならない有難い国なのは大自然畏敬を原理としているからだ。

二、鎮守の森

一　鎮守の森

平成16年1月3日　日本海新聞　潮流

新年おめでとうございます。

神さびた古杉の林立する鎮守の森は森閑として、清々しく冷気もあり、緊張を覚えつつも、心に安らぎと平安を覚えます。森の奥に鎮座まします神様にお祈りを捧げられた事でしょう。「なにごとのおわしますかは知らねどもかたじけなさに涙こぼるる」と西行も歌っています。

天地自然、万物に神が宿るという日本人の素朴で大らかな宗教心、連綿と続く、かたじけないという心情は民族の心です。日本人は2千年以上前からこの鎮守の森を心のふるさと、として鎮守の森に祭られている氏神様を代々守り続けています。神道の基本原理は、村落共同体が夫々に神々を祭り自然を崇拝し豊作と永遠の繁栄を祈ることです。豊作と村の安全と繁栄を祈るのが神社の祭りで人々の心に村落共同体の一体感・連帯感を養ってきました。

ゴッドという一神教のイスラム教とかキリスト教とは違う日本の神様です。感謝の神であり一神教の神のように排他的ではありません。世界的に自然保護が叫ばれる現代ですが、日本人は2千年来自然を大切にしてきています。

山形県の月山神社に、漸く登りつめ大古杉の中に神さびた神社が見えた途端、霧が一面に立ち込めた事があります。神が現前されたような、神に触れたような感動を私は忘れません。

「神道の髄を見たるかみ社に霧立ちたるは神たちませる」と思わず呟きました。

これは私だけではないのです。昭和24年世界的な歴史学者アーノルド・トインビーが初めて伊勢神宮を参拝した時の言葉があります。

「この聖地において私は、すべての宗教の根底的統一性を感得する」として、神道こそ地球人類の危機を救う地球宗教になると予言しています。「戦後、日本人は近代化の道を邁進してきたが、その見返りとして心理的ストレスと絶えざる緊張にさらされている。それは産業革命がもたらした、まぬがれない代価である。ところが神道は、人間とそのほかの自然との調和のとれた協調関係を説いている。日本国民は、自然の汚染によってすでに報いを受け始めているが、実は神道の中にそうした災いに対する祖先伝来の救済策を持っているのである」と。

物質文明の避けられない災いを救う宗教であると言っているのです。神道の本質を突いています。社会学者エマーソンも「森の中に神聖がある」と言いました。

この鎮守の森、新幹線でもローカル線でも、高速道路を通っても、ああ、あれは鎮守の森だと思われる森が全国到る所にあります。単なる神社や森ではなく鎮守様は世界的に注目されています。日本の鎮守様は日本各地の中心で森と緑と水のシンボルといえます。水と緑は人間の「いのち」を支えるものであり、その水と緑を崇める神道こそ地球規模の宗教だと言ったトインビーの予言は立証されそうです。

私はこの「日本の原理」こそ21世紀の地球を救う宗教だと確信しています。欧州は放牧のために早くから原生林を失い人工植林に努めていますが、日本の社叢《しゃそう》を見て、祖先の賢明さに敬意を表すると言った外国人もいます。ギリシャのエーゲ海の色はキレイですが海は死んで魚は少ないです。森林がないからで、森枯れは海枯れです。朝鮮半島とか中国大陸には植福の思想がありませんから森林は伐採したままです。

森林が無くなると文明は滅びると言う学者もおります。中近東あたりもそうでした。かってナイル川を支えた豊かな森林は古代エジプト文明を築きあげましたが伐採が進み砂漠化しました。中国の黄河文明の延長線上にある現今中国も砂漠化が激しく進んでいます。

伊勢神宮は300年先の遷宮用ヒノキの苗を植えています。日本の植福の思想は生きています。21世紀最大の問題は世界の水不足で、食料の60％を輸入している食糧は水そのものの輸入であり、日本は水の輸入大国で既に外国で批判が起きています。

鎮守様が各村にあるというのは古代日本人の素晴らしい叡智であり大切に守り残したい日本人の精神拠点でもあります。新年にあたり改めて先祖の叡智を深く噛み締めようではありませんか。

二　神様は森と水

平成17年1月3日　日本海新聞　潮流

明けましておめでとうございます。

昨年のオリンピックで古代アテネの象徴であるパルテノン神殿を多くの方はテレビで見られたと思う。あれは、アテネという都市国家が紀元前432年に政治・経済・芸術のトップに立ったという政治的シンボルである。神殿というが、今や瓦礫の廃墟にしか見えない。

それに比して、日本の神社は鬱蒼たる森の中に佇んで、恰《あたか》も生きておられるように思える。全国各地、二千ヶ所あるという鎮守の森に日本の神様は、さながら静かに生きておられる。伊勢神宮を始めとして、緑の森林に覆われたお社は生きた神殿であろう。伊勢神宮は毎朝、神様に捧げるお供え物の為に、千数百年前と全く同じ儀式、木を擦り、火をおこして調理する古式を、今なお同様な形態で運営している。供物は自給自足、塩、魚まで古式通りに自前で生産・収穫する。こんな国や神社は日本だけで世界にはない。

「伊勢神宮の力強い自然の中に本当の日本を感じた」と言ったのはフランスの若いエリートである。簡素美を極致に表現した伊勢神宮を始めとする神社も森も日本を象徴する根源的実在である。宗教的悟得の感動は、所詮は言語では語り尽くせず、もどかしさがある。原典を調べたり解釈してもその深奥に到り得ないものがある。神道には他の宗教のような言語体系はないが、日本人の日常生理の中に恰もDNAの如く組み込まれ、ダイナミズムが存在していると思える。

神道はお祓いにより日常の罪障を洗い流し、再び清浄に立ち返る再生と復活であり、神社で行う、二礼二拍手一礼は浄化独特の手段だと私は思う。

人間は水が無くては一日たりとも生きられない。その水を育むものは緑、森林である。日本の神様は清浄を最高とする。清浄は水が齎《もたら》す。

私は日本の神様の原理が、日本の原理でありそれは「森と水を崇める」ことだと思っている。地球人口激増の為、大規模開発で深刻な水不足、排ガスによる温暖化が深刻化している。中国の黄河は干上がり、米国、インド、中央アジア等、世界的に地下水が枯渇している。アルタイの湖は数年以内に干上がるという。

そこで、「森と水」を大切にする神道が「生命」を救う原理であり信仰だと外国では気づいてきた。当然であろう。森の消滅は文明の消滅であることは歴史が証明している。

世界的歴史学者トインビーは神道を高く評価し、「戦後、日本人は近代化の道を邁進してきたが、その見返りとして心理的ストレスと絶えざる緊張にさらされている。それは産業革命がもたらす、まぬがれない代価である。ところが神道は、人間とそのほかの自然との調和のとれた協調関係を説いている。日本国民は、自然の汚染によってすでに報いを受け始めているが、実は神道の中にそうした災いに対する祖先伝来の救済策を持っているのである」。物質文明が避けられない災いを救う宗教であると言っているのだ。

ドイツの植物学者ヒューーセン博士は「日本人が生活環境に郷土固有の神社林を保護育成

してきたこと、また山岳地帯には祖先伝来の原生林がまだ存在することとあいまって、日本民族の優秀な資質育成に大きな効果を果たしてきたことからも、現代人はこれらを大切に守って子孫に伝える責任がある。ヨーロッパ諸国では、放牧により早くから原生林を失い、その弊害を補うために人口植林に努めている。日本の社叢などを見て祖先の賢明さに敬意を表する」と鎮守の森との関係で味わうべき言葉を残している。

伊勢神宮は過去千数百年間20年ごとに遷宮してきたが、今も３００年未来の遷宮用檜・杉の植林を行っている。悠久の古代より連綿として続けているこの事実こそ、「森と水」と「生きている日本の神様」を示し、大いに誇ってよい大文明なのである。自然を愛する事が無意識ながら我々に血となり肉となって流れている。これは21世紀の世界にとり、極めて示唆に富む、価値あるもので、これこそが日本文明の日本文明たる所以であり大いに誇りにしてよいのである。

三、風土

一　峠と岬

平成14年7月8日　日本海新聞　潮流

私はなぜか峠とか岬に心がひかれる。峠は険しい山脈や、やや低い山地の鞍部を越える通過点である。峠という呼称は鎌倉時代以降の和製漢字らしい。トウゲはヤマト言葉で、神仏に供え物を捧げる手向けに起源がある。峠に立つという言葉がある。それは山でも人生でも組織の中でも、ほぼ頂点を極めたかなとの響きがある。山頂も山麓も見渡せるし自他共にほぼこの辺かなとの思いもあろう。己の現在の姿が客観的に見える場所でもあるからだ。確かに稜線に近く山頂も近いなと思わせて気分的に何かホッとするのが峠ではある。どんな山でも峠に達するとホッとする。あの安らぎのある、優しさというのか峠に立つ時の不思議な感情はなんであろうか。ある程度極めたかなという自覚があるのかもしれない。日本最高度にある峠は立山の別山乗越２７４０米、次は同じく雄山の一の越峠２６８０米。ただ素通りして何の感情もなく過ぎ去る人々、ワイワイガヤガヤとお茶やお菓子を食べる場所と思う人もあろう。私は峠に立つと、その昔、海から魚や塩を運んで里に下る汗臭い男衆がそこらにある朽木に腰掛けて一休みしたのであろうかとか、里からは若い男が海を目指したりしたかも知れないなどと思う。人間味ぷんぷんの匂いを峠に感じているのかもしれない。やはり日本人の感性から生まれた字と言える。峠に立つと、向こう側には画然《かくぜん》とした別の世界が広がっている場合が高山ほど多い。低山では、更に身近な人間臭がある。塩の道、魚の道、トトヤ道、人と物が交流する峠道である。それ故であろう、石仏とか道祖神が風雨に、時日に洗われて佇むのは低い峠に多い。峠は自然的には地形、気候、植生などが顕著に相異なる。大菩薩峠1897米などは名前もいいが富士山の絶好の見晴らし場所だ。夜叉神峠1770米なども響きがいい、昔の人は命名がうまい。ここの下の川はよく洪水が出てその悪い神の怒りを鎮めるために峠に夜叉神――ヤシャジン――を祭ったという。上高地の徳本峠、トクゴウと読むが、この峠に初めて立った瞬間は眼前の黒ずんだ奥穂高岳に圧倒されてしまう強烈な場所だ。奈良は生駒山の暗峠《くらがり》455米、何の変哲もない狭い石畳だが、飛鳥人の通ったことに思いをはせるからイメージが膨らむのかもしれない。涼しい風がよく通る。

世界的にはアフガンとパキスタンの国境にあるカイバー峠はアーリア民族のインドへの侵入路だしアレキサンダー大王が越えた峠でもある。ヨーロッパアルプスのブレンナー峠はゲーテやチャイコフスキーがイタリアに行く時に越えた。峠はこのように人文的には二つの文化圏が相半ばし、争い或いは調和する場所の感じがする。

岬、海とか湖中に突出した陸地の端だ。私は海の見える場所をよく選ぶ。洋々たる、大海原を見ていると大きな気持ちとなり空想とロマンが湧いてくる。そして潮騒は母なる地球の子守唄のような思いもする。寄せては返す波に地球の息吹きを感じてしまう。岬といえば足摺岬の断崖絶壁上の露天風呂で遥か南方の南十字星？と勝手に決めて眺めた夜は忘じ難い。

まみなみの海の果てしに　大星が赤くまばたく語るごとくに

室戸岬山頂の風力発電と家屋の高い塀は強風の中の暮らしを想像するに余りある。九州の都井岬は通俗的だが野生馬は珍しい。大隅半島は佐多岬の雨、愛媛佐田岬の瀬戸内海と宇和海の明るさとデコポンのおいしさ。伊豆半島は川奈崎でのゴルフの強烈な感動は明るい海と富士山の麗姿がもたらした。奥石廊崎にしても潮岬にしても、今、自分は半島の最先端に居るという思いがハイにさせるのであろうか。日本キャニオン沖の艫作《へなし》崎《さき》、積丹岬の海の美しさ、東北とか北海道の岬の先端は更に深い感傷を生む。岬も峠も情感が涌くから印象深いのかもしれない。経ヶ岬、珠洲岬など日本海の岬は海の色が濃く、時に灰色で心も沈んでしまう。それに比して太平洋岸の海は明るく心もウキウキしてくる。房総半島の洲崎、知多の伊良湖岬、静岡御前崎、西伊豆波勝崎、真鶴岬、室戸、足摺など記憶が深い。志摩半島の大王崎は俗化して往年の良さは消えたが、少し東の安乗崎の灯台は心の和らぐ場所だ。九州は開聞岳山麓の長崎鼻は東シナ海を見晴らせて更に明るい。海の色は空の色、空の色は海の色。航空写真で岬とか海岸の流線やら山岳を見るとなんと言う美しい国かなと感動してしまう。

二　熊野那智原生林

平成17年3月1日　日本海新聞　潮流

二の滝があれば一の滝がある。一の滝とは熊野は那智大滝のこと、その上流にあるのが二の滝。烏帽子山という那智山源流部最高峰の一つに友と登った私は、原始林の渓谷を探索しつつ下って行く、鬱蒼たる渓谷は昼なお暗く、谷の巨石・奇岩・大古木には苔が繁茂し不気味である。眼下の谷に樹林を通して滝が垣間見え、三の滝と地図で確認。見事な滝、青く美しい！　圧倒されてしまう渓谷美。

やがて、ここより神域と墨書のある立札、那智大滝の直上に近いのであろう。苔むした石を一つ一つ古木に掴まりながら谷に下る。河原に降りて、ふと右を見る、あっ、私はひれ伏した。心がである。森厳にして峻厳な雰囲気の中、まるで仏様を思わす姿の御滝である。滝壺は広く、蒼い水を深沈と静かに湛えている。荘厳な戦慄が走る！

私はかつて、このように衝撃を受けた滝はなく、思わず合掌した。霊威を受けて自ずから厳粛となり身が引き締まる。

西行法師の「山家集」、「那智に籠りて滝に入堂し侍りけるに、この上に一二（いち・に）の滝おはします。それへまいるなりと申す常住の僧の侍りけるに、具してまいりけり。花や咲きぬらんとたづねまほしかりける折節にて、たよりある心地して分けまいりたり。二の滝のもとへまいりつきたる。如意輪の滝となん申すと聞きて、拝みければ、まことに少しうち傾《かたぶ》きたるように流れ下りて、尊く覚えけり」。

西行さんはこの滝を「如意輪観音の滝」と申している。高さ23米幅７米だが、中ほどに、ふくらみがあり、優しい滝である。柔和さの上に、威厳と気品ある風格を備えた神秘そのもの。悠久の昔から静寂の中にひそと鎮まる。

いかなる経典・言語より宗教的感動を得られるのは、大自然の神秘に神仏の現前的実在を覚えるからだ。

那智の滝を見て、アマテラスを見た！と叫んだのはフランス人作家アンドレ・マルロー。大滝はいつも圧倒的に迫る。最高峰の大雲取山から流れ出る本流に、いくつもの流れが重なり合い、ついには原生林を切り裂いて落下。水柱は直下１３３米、銚子口幅13米、滝壺深さ10米以上の日本一の名瀑、背後には南方熊楠が粘菌採取を行った那智原始林（世界遺産）が広がり48の滝がある。

我々は、一・二・三の滝、文覚の滝・陰陽の滝等を拝した。

私は友人と、1月8日から5日間、熊野古道の中辺路《なかへち》道を滝尻王子から完全踏破して熊野大社に参拝した。那智原始林の中を通るのが古道最大の難所、幽玄な大雲取山越えで、これも2月11日から4日かけて終えた。千年の古人を偲ぶ感動の心の山路であった。

残るは、高野山から4泊を必要とする果無山脈越え。最高峰の冷水山は昨年12月に登頂したが、この古道は小辺路といい72キロ、千米以上の峠を四つ越す難路だが近々には果たしたい。

私は山にとり憑かれてしまっている。昨年は岩手山を始め全国の著名な山々73山を踏破した。至難の大峯奥駈は、玉置山から五大尊山を経て本宮まではすませた。玉置山は、神武天皇東征の折、熊野に上陸後、八咫烏《やたがらす》に先導されて、この山頂の宮にて兵を休めたとの伝承がある。神社の杉林は本州ではここだけの神代杉・縄文杉といわれる驚異的なものばかり。

紀伊山地はこの那智原生林始め、大峰山系、大台ヶ原・大杉谷等、住友山岳会の幻の名著『近畿の山と谷』によるとわが国に残された数少ない原生林の宝庫である。私は、あと10山程度登山すれば、紀伊半島の著名な山々は登ったことにはなるが、魅力的ながら峻険な山々ばかりが待ち受けている。

紀伊半島は植生の実に豊かな地域であり生命力溢れた森林を形成している。自然崇拝の中から熊野三山信仰が始まったのであろう。根源は自然を敬う感情にほかならない。北上川、熊野川、あの大らかに流れる美しい清流は敬虔な心を育む。吉野からの大峯奥駈、高野山からの小辺路、紀伊路の中辺路・大辺路、新宮の伊勢路、私は大自然の神々に同化と化生を祈っているのかも知れない。

三　日本の秘境・大杉谷

平成11年7月28日　日本海新聞　潮流

大杉谷は日本の秘境である。滝と嵓《ぐら》と呼ぶ絶壁が連なり原始的景観を擁している。四半世紀ぶりに去る六月初旬遡行した。三重交通は四人でも直通バスを手配してくれ二時間乗車後宮川村のダムで船に乗る。水が少なく最下流の第四船付場で下船。

「大杉谷は明るい豪快な渓である。この谷はまた直線的に流れている。……両岸の山壁は頗る急峻で、この谷へ落ち込む支河の多くは吊懸谷になっている。……これは青壮年期の谷の特色であり高山風景の幽深さを示すものである。渓を覆う原生林の美しさ、それは幽遂を極めた針活混淆の喬木林だ」と山岳人の冠松次郎は言った。

大杉谷のもう一つの特色は降水量が多く年間四八〇〇ミリに及び屋久島と並ぶ日本一の豪雨地帯である。大杉谷の本流に注ぐ支谷の出会いは殆ど懸谷になっており例外なく落差の大きい滝が存在する。峡谷には静と動が混在して基調は男性的だが女性的なものも窺える。絢爛豪快と華麗さもあり浸食の激しさを物語る。

シシ淵は大杉谷の取りつきにあるが、ここら辺にはカシ類など常緑広葉樹を主林木とする低山特有の森林が繁茂。苔むした水成岩の屏風が両岸にそそり立つその上流には滝が幽かに見られて幽玄、幽遂の風流が心にしみる。淵の水は魅惑的な瑠璃色。ここで谷の風と樹林の囀りや水流の奏でるシンフォニーを聞きながら大杉谷の水を汲みコッヘルで沸かしカプチーノコーヒーをつくる。

一服したら岸の断崖や絶壁の上の岩場を慎重に登り続ける。シシ淵から山頂の日出ヶ岳一六九五米へ高低差約一三〇〇米である。大杉谷には二〇米クラスの巨石、岩巨が谷に溢れんばかりにゴロゴロして豪快である。谷幅は広くて五〇米程度。この谷には巨岩、岩巨が連続して感動と圧倒を呼ぶ。

高さ三〇〇米の、谷底から見上げるばかりの平等嵓の毅然とした威容に敬意。シシ淵を過ぎると絶壁の垣間に見えたニコニコ滝が明るく滔々《とうとう》と流れている。落差一八〇米。谷底からの高度は益々高くなり六〇―七〇米であろうか。振り返ると平等嵓が夕日に映えて新緑と苔むした岩壁を際立たせツツジが長く枝を伸ばして気品を高めている。鳥の声が聞こえる、ウグイス、ホトトギス。やがて谷間に赤い屋根の桃の木小屋が見え吊り橋を渡り到着。雑魚寝に近く窓から入る皓々《こうこう》とした月光と渓谷の音で三時に目覚める。

朝は六時出発、小屋の裏から途端に急峻の岩場を登る。努めて足下に注意して汗の乾く間が無い。先ず大杉谷最大の見所の七ツ釜滝だ。数百米あろうあの峻烈な山の岩場を越えねば前に進めない。壮大な七ツの壷をかかえた滝に圧倒された。大自然の妙は筆舌に尽くしがたい。節理という岩の割れ目にそって浸食形成された滝壷が連続している様は圧巻である。ここから一時間で光滝、虹が美しい。次々と個性ある滝の変化の妙に痺れる。

八時に大杉谷遡行最終滝の堂々たる堂倉滝に着く。ここは海抜七八〇米でここから日出ヶ岳迄一気に登るのだ。急峻であり高低差約一〇〇〇米。山地帯となるとホンシャクナゲなどの低木類やミズナラ林が見られる。土地的極相林としてはモミ、ツガ、コウヤマキ、ヒノキなどの針葉樹林が優先している。ルリビタキの囀りも。日出ヶ岳山頂でラーメンを作り昼食。上半身裸となりシャツ類は木の枝に干して乾くのを待つ。更に約一時間西へ、正木ヶ原、牛石ヶ原を通り先端を目指す。

大台ヶ原は四半世紀前に比して考えられない程自然が荒れて退化しており失望した。野性の鹿が多く樹皮を食用としているからであろう。大蛇嵓は高さ五〇〇米以上の絶壁で人気抜群。上から見る恐怖と感動と神秘。一陣の風で瞬時に霧が晴れて谷向こうの蒸篭嵓《せいろぐら》が見えると感動的歓声があがる。

終日登り続けて終着点に到着、時は午後三時。帰途高度一五〇〇米にある自動車道から見える紀伊半島の背骨山脈、八経ヶ岳、弥山等々の魅惑的山並みは更なる登山意欲を掻き立てる。

四　日本の風土に思う

平成29年7月27日　日本海新聞　私の視点

日本列島は垂直に南北3千キロの長い国である。東京から北の宗谷岬まで約1千キロ、南の九州大隅半島南端・佐多岬まで1千キロ。そこから琉球南端八重山列島まで1千キロ。中緯度の温帯、南は亜熱帯気候、北は亜寒帯気候の生態、光や水、緑と土のほどよい幾つもの気候を帯びている。だから植物、鳥類、動物の種類も多い。従って国民の食べる野菜、果物も種類豊富、実に豊かな変化に富む国土で成り立つ。四季が明瞭、国民生活に適度の刺激と緊張を与える気候である。単一気候の国は一斉に全国が大飢饉を被る。歴史的最強国となっても次の瞬間には世界史から消えてしまった国もあり、単一気候の怖さを感じる。暑い単一気候国は年中暑く季節の折り目が日本のように無い。四季の変化もなく生活は安易だが単調、長く住むには耐えられまい。日本の四季の変化は、適度の寒さ、暑さ、梅雨の鬱陶しさあり、人間の精神を緊張させたり、爛漫にさせたり、実に適切なように思える。我々の先祖はこの国の南北を接近させ、平等化させ、誰でも首都に上りたいという夢を民族2千年来の悲願としてきた結果が今や、鹿児島から北海道まで2千キロまで伸びた世界最新鋭の新幹線であろう。こうして2千年の間に日本は植林の思想を育てて森林は豊か、几帳面な性格と努力と民度の高さから、どこを旅しても隅々まで、清楚、簡素に美しく整備され、田園も家並みも、桜並木も、日本人らしくよそおわれて本当に素晴らしい国土になっている。欧州の中世からの石の家のように硬くなく、日本の街並みは優しく人間的、それでもまだ人々は日々進化させ続けていく素晴らしく美しい風土である。この国に生まれた事を心から感謝する。

五　蟻の熊野詣

平成10年3月16日　日本海新聞　潮流

友人の文化ショック

昨年の晩秋、東京の友人と永年の懸案であった紀伊の熊野古道を歩み熊野本宮参詣の念願を果した。三泊四日の日程である。伊勢志摩の出身である友人は熊野本宮の重厚なる拝殿に柏手を打ち終えると声をあげて驚いた。拝殿は四社あるが右端に天照大神が祭ってあるからだ。真中の主祭神はスサノオである。伊勢人の彼には屈辱的ですらあったのであろう。

熊野本宮

歴代上皇、法皇が平安鎌倉以降延べ百数十回遥々京の都から一ケ月以上費やしていわゆる蟻の熊野詣をした歴史的事実。中世では皇室の深い信仰の対象であった。源氏や平家を手玉に取ったあの後白河上皇は実に延べ三十四回参詣されている。何故であろうか。

熊野古道に就いて

『梁塵秘抄《りょうじんひしょう》』に記載されている「熊野へ参らむと思へどもかちより参れば道遠し。すぐれて山きびし、むまにて参れば苦行ならず、空より参らむ羽たべ若王子《にゃくおうじ》」

簡単ではない事が分かる。京都の鳥羽から淀川を下り大阪天満橋付近に上陸。泉州を通り紀の国に入る。田辺から山間の中辺路を進み伏拝峠を越えて本宮に到る。現代でも三泊四日は必要。その道には大阪から本宮迄九十九の王子という祠がある。中辺路の滝尻王子から登山となる。

私達は先ず日本では数少ない紀伊田辺のナショナルトラスト運動で知られる天神崎近くの宿で合流した。上皇とか法皇の通った道と軽く考えていたのが実は大きい間違いであると気づいたのは午後三時頃であった。朝九時に滝尻から登山開始したのに三時には谷の中は真っ暗となり宿への不安がよぎった。それ程険しく長いのである。京都から熊野への往復は約七百キロ。そんなにしてまで三十四回も参詣したあのアクの強い後白河上皇。なぜであろうか。

出雲の熊野大社

実は紀伊の熊野本宮は私の研究では出雲の意宇《おう》にある熊野大社から勧請されている。異説は無い事は無いが。ここらあたりから私の興味は津々と深まり出雲の神様の研究を始めて何年になろうか。この大社の祭神は当然の事ながらスサノオ。八重垣神社に祭られているスサノオとクシナダ姫。平安時代に巨勢金岡が描いた秘宝の大絵馬着色神像にはこの夫婦の側に楚々としたアマテラスと娘のイチキシマ姫が描かれている。何かを物語るように。全国でスサノオを祭る神社の夥《おびただ》しさも気にかかる。

中辺路の王子

古道の途中に高原熊野神社という小さな祠がある。巨大な楠の古木が林立し現皇太子様の参拝記録があり登山好きな皇太子に親近感を抱く。ここら辺の風景は素晴らしくのどかで明るい。ここに住んでいれば人間世界で円が高かろうが株が暴落しようが関係なく暮らせる。人間の暮らしとはそんなものであって欲しい。現代はどこかで間違ってしまったとここでは思う。百円で十五ケもある小さいミカンが実にうまい。無事に宿に到着し親切なお婆さんの手料理と鄙びた風呂に仄々とする。お爺さんの古道解説も面白く夜の更けるのを忘れた。翌朝6時出発、九時間歩き詰め、途中から里に抜けられない。さすがに疲れるが本宮に到着して参拝する清々しさは凡ての労を忘れる。古代から著名な熊野牛王神符を拝受し念願成就。その夜の湯の峰温泉の爽快なこと。

壮烈な自然破壊

帰途、瀞《どろ》八丁を遊覧して新宮に出るべくバスに乗る。乗客は我々二人だ。熊野川の上流であるが豪快な渓谷美で紅葉の時は素晴らしいであろうと話していた。山を越えた途端にバイパス建設で大渓谷が無残に破壊されコンクリートの橋桁が渓谷の上に跨がっている。乗ってきた地元の老婆も運転手も今迄のままで良いと言う。一体どんな合意を得て誰がこの何千年何万年かかって出来た大自然の破壊を決断したのであろうか。自然破壊の報復を地球規模で人間は受けつつあるのに許せない思いだ。後味の悪い印象が残る。それでも春が来る。新緑によみがえる山々が待遠しい。

六　高野と丹生を訪ねて

平成7年12月19日　日本海新聞　散歩道

弘法大師が高野山を開かれ時の上皇がお参りされたという古道を師と仰ぎ兄事する森川礼次郎先輩と訪ねた。真田幸村の九度山でスタートして延々25キロの登りである。どうしてこのように迂回するのかと思う程の長い道のりであった。途中、天野の里に下ると丹生《にう》都比売《つひめ》神社は寒村ながら驚くばかりのもので、かっては別格官幣大社らしい。敷地は一面が丹《に》のたたきであり珍しい。先輩によると丹生という地名は全国至る所にあり古代の丹は鉄鉱石に勝るとも劣らぬもので経済力の源泉と云う。ここで昼弁当にした。二人の地元婦人が食事をしながら日本画の写生をしている。やがてお宮参りらしい二人の男の子と赤ん坊を連れた近くの人らしい夫婦がお祖父さんとやって来た。静かでのどかな風景で古き良き日本の絵を見るようである。日本はこのようでなくてはと沁々と思う。この神社は高野山の地主神だが、それにまつわる歌を先輩が想起して口ずさむ。

夕されば狩場明神あらわれむ　山深うして犬の声する

吉井勇の歌の由。大師がこの地で山人に会い高野を開かれたと云う。この山人は丹生の明神と云い狩場明神とも云うらしい。犬を連れて丹の鉱脈を尋ねた伝承もあるらしい。道教における丹の魔力は現代人の想像に絶するものがあるようだ。この道は現在は高野山町《さんちょう》石道と云う歴史的遺蹟であるが誰一人として会わない。六本杉の分岐点で静寂を楽しむ。往時の人の行き交う様を偲ぶ。今は近くまで大和柿の果樹園となっている。

丹は金とか銀と一緒に産出する事が多く、その丹を焼きだして水銀と金を分離するのが古代の錬金術であり金丹を飲むと永遠の生命が得られると考えたとも云う。弘法大師も丹に対して異状な執心があったやに聞く。谷坂にかかれば日は既に落ちたかの如く夕闇が迫る。まだ八丁もあるらしく遺蹟の石塔が示している。あえぎあえぎ暗い谷坂を登り詰める。途端に道があり一気に視界が開けた。そこには高野山の大門が、丹すなわち朱の大門が圧倒していた。

弘法の道を尋ねて夕闇の坂をつめれば朱《あか》の大門

と下手な歌を一首つくる。宿坊の天徳院は非公開の名勝にして小堀遠州作という。入浴して思いっきりビールで喉をいやす。奥の院への道は弘法大師の信仰の深さと広さと歴史を思いださせて余りあるものだ。いつきても心の安らぎを覚えるのは不思議である。翌朝は朝六時からの勤行に参加して先祖の供養をする。朝餉の後は更に奥山の三山回峰に挑む。摩尼山、揚柳山、転軸山である。通算延べ四十キロの登山は極めて精神的であり健康的であった。何よりも見知らぬ人との人間的ぬくもりある触れ合いは素晴らしいものであった。

七 風土

平成17年10月4日　日本海新聞　潮流

ノーベル賞創始者ノーベルはダイナマイトを発明して巨万の富を築いた。火薬のダイナマイトがなぜ巨大な富を齎したか。欧州は氷河に削られて岩盤が露出し、破砕しなければ住宅も耕作も不能であった。欧州の北緯はロンドン51度、パリ49度、ノルウェーのオスロは60度、樺太の北海域と同様である。東京36度、札幌43度、いかに欧州が北に位置するか。太陽のイメージがある南欧、モナコ、ローマ、ナポリも北海道辺りに過ぎぬ。欧大陸や北アフリカは岩盤や砂漠だから地中海に微生物が注がれず魚介類が貧困。日本近海の魚の美味い秘密が分かる。

日本の主要都市はエジプト・カイロ等の北アフリカ圏の緯度だが、あちらは雨がなく砂漠地帯。世界には砂漠・草原・森林・灼熱・極寒・熱帯・温帯と様々な国がある。

日本はサンサンと太陽が注ぐし、抜けるような冬の青空もある暖温帯。ロンドンの冬はスモッグで陰惨に近い冷温帯。その上、日本は多湿であるから緑は豊富、大地は堆積土であり稲作に適し、四季もあり人間の住む環境として誠に恵まれている。

彼我、この違いある風土で何万年も生きておれば、大きな格差が人間の気質や肉体に生じる。

イスラム教・キリスト教・ユダヤ教は過酷な環境から生まれた宗教。砂漠では立ち止まっては餓死する、移動し食物を求め生きていく狩猟・移動牧畜が生活の基本。星辰を頼りに人間の群れは一人の力強いリーダーに従うしか生きていけない。

ここから彼らの原理が生まれる。砂漠で生まれた宗教は唯一絶対神、異教徒を排し、絶対の信仰を捧げ、歴然たる排他性、差別性を歴史に記録している。彼らの神々は血の滴る生贄をお好み召さる。清浄と新鮮野菜を好まれる日本のカミとは大違い、神に民族の本質が現われる。所詮、人間は風土の産物。

彼等は農耕で食べられないから、海賊行為、他地からの略奪で手っ取り早く幸福を掴む。京大元教授、会田雄次氏は「彼等は略奪が最も一番豊かになる方法で、優秀な人間がやる企てであると考えていた。英国の王家は先祖が海賊であった事を誇らしげに宣伝している」とまで言う。狩猟民族は動物の捕獲に、罠とか囮をかけて騙して捕え、おびき寄せる技術に長ける。彼らのマネー、市場経済原理と同根。牧畜・遊牧は絶えず動物を殺して食べ、血を見て暮らす生活。日本人は家族同様の牛を明治以前は食べなかった。クジラを食べるのが残忍で牛を食べるのは残忍でない彼等の発想。獰猛、残忍性はこの過酷な環境で生きてきた証し。英語・中国語は、主語の次に動詞がくる。これは行動性を示す砂漠の民の証し。日本語は終わりを動詞で締めくくる。

世界の富を求めてコロンブス以降の白人が世界に進出、19世紀は日本以外は殆ど植民地と化し本国は栄耀栄華、白人以外は人間種に非ずと、一億以上の黒人を虐殺し黄色人種を差別した。

その白人に敢然と立ち向かったのが明治の日本人。だが日本は、このように野蛮な欧州に憧れすぎて、世界史は欧州から始まったような教育を明治以降進めてしまった。米国建国時、星条旗の星の数は13州、今や50州、これは侵略による併合の証拠。歴史は国により相反する理解があって当然、米国の初代大統領ワシントンは英国では領土を奪った人間として教科書に書かれている。それに対して互いに何も言わない。国の歴史を相手国の主張通りにするのは属国か、隷属化する事と同様、民族に対する重大な背信である。

この五百年間、白人の物質・物量思想、私は「西洋の原理」と呼んでいるが地球生態的に最早や限界に達しつつある。目には目をの復讐思想、これは唯一絶対神の原理であり、有史以来のイスラエル・パレスチナ紛争は到底収まらない。両国の戦争孤児を日本が引き取り共に育て、手をつないで遊ばせ、平和の尊さを無為自然に体験させているやに聞いた。日本にしか出来ない素晴らしいことである。

砂漠の民は水が無いから日本人の様に怨念を水で流し和を創るのを知らないのであろうか。人間とはまさに風土の産物である。

八　涙さそう夫婦愛

平成29年11月22日　日本海新聞　私の視点

古代8世紀、奈良から京都への山城道を歩む夫婦の旅商人、

妻「おとうさん、よその主人は馬で行きてるよ、それを見ると、私はとても心が痛みます、悲しいです。母が形見として残してくれた澄んだ鏡とトンボ柄の反物があるからそれで馬を買って乗って下さいな」

夫「馬を買ったとしても、それでもお前は歩かねばならないのだよ、足が石につまづくことがあっても二人で歩いて行こうよ」

夫婦愛の極致の歌であります。今から１３００年前に歌われた万葉集、無名の夫婦の歌だ。涙を誘われる。

主として関西圏で、私は40歳過ぎから還暦までの現役時代20年間、部下とか得意先に正賓として招聘された披露宴とか仲人役ではこの歌を大きめの白扇に墨書して朗読し、やわらかく解説しお祝いとして差し上げてきた。延べ20扇となろうか。中には玄関の飾りにされていたり、子供ができたときのお知らせには白扇回顧談を賜ったこともあった。

愛娘を湘南に嫁がせることになった親友に、「貴兄似のいい娘さんだ、きっと良いご夫婦になられるよ、日本人には古来からこんな素晴らしい歌を持つ先祖があったのですよ」と申し上げた。

さあ、原文で声高らかに朗読してみよう。しみじみとした情感が湧いてきます。

「つぎねふ　山背道《やましろぢ》を　他夫《ひとづま》の馬より行くに
おの夫《づま》し　徒《かち》より行けば　見るごとに　ねのみし泣かゆ
そこ思《も》ふに　心し痛し　たらちねの　母が形見と　わが持てる
まそみ鏡に　蜻蛉領巾《あきづひれ》　負い並《な》め持ちて　馬買《か》へ　我が背」

「馬買はば　妹徒《いもかち》行ならむ　よしゑやし
石は履《ふ》むとも　吾《あ》は二人行かむ」

四、山を想えば人恋し

一　露天風呂

平成14年12月3日　日本海新聞　潮流

寒い冬は温泉にかぎる。私は最初から露天風呂に直行する。夕陽の沈む絶景は黄金崎不老ふ死温泉、瀬波温泉。天空に近い白骨温泉。浄土ヶ浜の海岸美、松籟《しょうらい》の心地よい豪快な郭の湯。紅葉や星空、折には小雪の舞、或いは断崖絶壁の海を眼下にする入湯は最高だ。日本にはいい温泉がありすぎて迷う。湯田中という温泉場は長野から私鉄に乗って志賀高原方面に行く終点にある。更に奥は渋温泉という野猿が入湯する著名な場所に近い。もっと奥に行くと熊の湯とかを経由して横手山渋峠から白根山頂を極め草津温泉に降りる。この某旅館の風呂は歴史ある風流なもので、安土桃山風の建物の風呂に続いて露天風呂に抜ける。テレビで若い男女のレポーターが裸で温泉に入る姿は当世は珍しくもない。露天風呂といえば若い女性の入浴風景を報じるが、私は一度もそのような遭遇はない。この桃山風呂が混浴であったとは知らなかった。露天の大岩の側で、頭上から紅葉したモミジの葉がヒラヒラと舞い落ちる中、私は独りで風情を楽しんでいた。ふと、内湯を振り返れば、濛々とした湯けむりの向こうに薄ボンヤリと老若は存じないが、白い後姿を拝見したのが後に先にも初めてである。ここは数回訪ねたが愛すべき風呂だ。

カラスの行水に近い私だが一泊で5〜6回は入湯する。仕上げは朝9時過ぎ、泊り客が帰った後に独り占めの露天を楽しむ。印象深いのは氷見の雨晴海岸から雪の立山連峰を眺めんとした時のこと。空いているからと通常料金で最上階貴賓室をすべて占有、専用露天もあり殿様気分を味わった。その氷見線の帰途、あの田舎に私の人生で見たことのない、眩しいばかりの美しい少女が前に座っていた。その美形に私たち夫婦は唸ったものだが彼女の人生の旅はどうなったのであろうかと、ふと思う。

温泉とはいうが近年は循環風呂や紛らわしいものが多くなり残念だが東北には昔ながらの温泉が色々ある。八甲田山中の蔦温泉は真実真の温泉だと思う。このようなのは全国で10ケ所程度だそうな。ブナの大板が底に敷いてあり、コンコンと昼夜を問わず沸いて時折大粒の泡がホロロン、ホロロンと尻を撫でて上がる。八幡平谷底の玉川温泉は世界的に薬効が認められており一度はと狙っている。

この春、近くの乳頭温泉で好きな白濁の硫黄泉を満喫した。白濁泉は近隣に無く残念。足摺岬の風呂は断崖絶壁上にあり豪放な気分を味わった。富士山眺望は伊豆半島と大崩、山岳美は新穂高温泉に限る。時には失敗もある。河口湖、部屋の窓一杯の富士に歓喜、急ぎ浴場に行くも地階で何も見えず失望落胆。富山、石川県境にある庄川峡を船で連山の紅葉を鑑賞しつつ遡行する終点の大牧温泉は秘湯である。紀州は勝浦沖に船で行く露天風呂は海中にあるが島全体が旅館のもので風呂上りに山々の散策は乙なものだ。

潮岬に近い忘帰洞は高名だ。周参見という小さい岬の先端にある温泉をいたく気に入り、いい気分で次のような詩をホテルに残して帰った。その後どうなったのであろうか。

（すさみ慕情）

今宵すさみの温泉泊まり　夕陽慕情の枯木灘
母なる海をしとねとし　潮騒の音は子守唄
ゆらゆら波の寄する浜　眠りは深し十六夜
覚むればかぎろひ漂える　大海原を見下ろしつ

二　月山会余情

平成13年4月23日　日本海新聞　潮流

年が明けて小寒を過ぎたばかりの松の内に一通の葉書が舞い込んだ。

謹啓　21世紀の新年を目出度く寿がれたことと存じます。越し方を振り返ればお互い激動の時代でしたが、ここまで健康に恵まれて、新しい世紀を迎えられましたこと、何よりもご同慶の至りに存じます。とはいえ世情とみに情緒乏しく、老骨世を嘆じる日々であります。されば昭和も遠くなり行くに懐古の情もだしがたく、古き良き時代を「忘じ難く候」えば、老境にまたも一歩進むるにあたり、冬篭もりの一日、せめて「華やぎ」のひとときを添えて、互いに長生の余慶にあやかりたく、北の名妓7人を我が家に招き、恒例の「フグの会」を催したいと思います。右ご案内申し上げます。

森川礼次郎

ウーンと唸るような情緒溢れる名文である。例年の催しなのだが今年の酒は、越の寒梅、で特に会費は1万5千円とある。台所は名妓達の担当であり彼女たちも仕事を離れた息抜きである。財界のお歴々を相手にする現代の吉野太夫たちは矢張り人をそらさぬ話題と人情の機微を心得た練達された存在である。葉書の差出人、森川氏は共に月山会を発足した、敬愛してやまない住友銀行の先輩である。月山会は山歩きの好きな70才前後の者数人であるが、若い現役時代に同じ釜の飯を食べた仲間である。主として「関西百名山」を踏破しようとする会であり発足してはや5年目となる。企業経営者として豪胆と細心を備えた叙情派文人、森川氏に魅入られた者ばかりの集いである。氏の半寿を迎える平成22年、西暦2010年迄に完全踏破をめざす。最後は東北の出羽三山の月山《がっさん》に登り氏の半寿の乾杯をと考えている。昨年末迄に既に35峰を制覇した。

特に昨年は15峰で、わけても森川氏の大峯奥駈チャレンジは特筆大書すべき出来事であった。氏を除き三泊四日の前鬼で下山したが氏は更に太古の辻から人跡未踏?に近い、役の行者の歩いた奥駈道を単独4日間で熊野本宮に下山した。吉野は金峰神社から延々103キロ、70余峰、山嶺の高峻、坂路の嶮難、雲を踏んで行くのは凡て尾根の山頂越えであったと氏の幻の名著、『大峯奥駈乃記』に記録されている。古伝によれば白鳳11年に役の行者が初めて大峰山に登り山上で蔵王権現を感得したとの伝説がある。

住友山岳会長、住友総本社元理事の故大島堅造著作の名著『近畿の山と谷』によると、それは「純の純なる日本的な山の姿」であり、日本に残された最後の大自然という。

森川氏は続けて言う、溢れる汗は全身を濡らし、喉の渇きと足の疲れに耐え、深山幽谷を黙々と無心の境地で歩き続ける苦行であり「六根清浄」の境地を体感した事に無上の喜びを得たと。下山直後には熊野本宮旧社地「大斎原」で斎戒沐浴して川を渡り本宮に参拝した。氏は72才にして大勲章を得た思いで、一週間の峰入りで何の験力も得られないが太古の原始世界と大自然との一体感を得た。尾根裾は千年以上を経た大木に覆い尽くされ、感動的なものであった由。

私は無念乍ら完踏していないが、今年は前鬼から小分けにして挑みたいと考えている。月山会は70才代を健康に生きる為の登山会である。折には近畿の数多い史蹟やら由緒ある名勝等々も訪れる。専門家に劣らぬ氏の造詣深い古代史を聞きながら。かかる観点で言えば近畿一円は訪れる場所に不足はない歴史の宝庫だ。その上に一年に一、二度は情趣溢れる上述のような懇親会も楽しむという次第である。

尽日、春を訪ねて春を見ずの如月も去り弥生も行き、萌黄が若葉となるこの季節となると山歩きに足がムズムズしてくる。鳥取では久松山から十神林道を経て本陣山から樗谿経由の足の訓練は怠らない。このコースは自宅から二時間弱と手頃なのだが、なぜか十神林道で人に会わない。本陣山では多くのハイカーにお目にかかる。

この山の佇まい、秋の紅葉などは間違いなく一流に近い。それは、この原生林に、私のカウントでは落、広葉樹が82種類もあるからだ。案内によると116種の野鳥も来るらしい。このような宝の山が市内にあるのは素晴らしい。それらの樹林の蘇生が始まった、大生命復活のドラマが。

（平成8年2月7日晩）

湯けむり情緒の露天風呂

温泉情緒は城崎に勝るものはあるまい。城崎は外湯巡りに人々が外出するので家内とは内の樽風呂を独り占めする。有馬や草津より冬の雪と蟹、春は柳の城崎に情緒を覚える。関西の友人達と近畿の山々を毎月登山しているが、必ず露天風呂を探して入湯する。一昨年の一月であった。滋賀県は三上山頂で雪となる。途中の露天風呂で、頭にタオルを載せて仲間とワイワイ賑やかに温まっていたら、あっと言う間に20センチの積雪となり再び寒中の下山で寒さに凍えてしまった事も今になれば懐かしい。

3年前、鳥取に正式に居住してからは市内の山友達と岡山、兵庫県境の山々を登山した後、鄙びた露天風呂を探訪して独り占めのように楽しんでいる。有り難い温泉国、日本である。

五、用瀬アルプス物語

一　花の山・用瀬アルプス

平成26年5月3日　日本海新聞　散歩道

山岳誌『山と渓谷』に用瀬の三角山が「隠れ名山」として紹介され、私は関西圏の知人を案内登山したこともある。鳥取自動車道の開通で用瀬高架付近で遠望する三角山の格調高い雄姿を全国版だという関西の知人の声も多々聞いた。現役時代に住友銀行山岳会長をやっていたので特に関西圏に知人が多いからだ。現在83歳、今年の累計登山日は70日、70才代は年間百日は全国各地の高山を登山し各地に沼津アルプス、近くは和気アルプス、須磨アルプス等と名のついた連山があるのを知る。

鳥取県には無い。そこで用瀬の景石城址から、三角山を経ておおなる山《やま》、洗足山《せんぞくさん》を縦走し鳥居野《とりいの》までを用瀬アルプスと命名して登山道を整備して欲しい旨の要望書を鳥取市長に提出し用瀬支所の方やら地元ボランティアと昨年は登山道整備に参加した。昨年末までに数回縦走し山頂標識も設置した。去る4月23日、町登山家・田淵貴久氏らと、つつじの一の谷公園から同氏の整備になる三角山支尾根の稜線を初めて登り詰め、岩壁の三角山直下の稜線からおおなる山、洗足山の縦走を果たした。

このルートはつつじの山そのものであった。行けども、行けどもつつじは絶えることがない。そして某所には、石楠花とつつじの群生、岩うちわの群生も見られ、山桜は満開、コブシもまだ咲いているではないか！

正に「花の山」と称してよかろう。市街地からは見えないが、落葉広葉樹林の明るい新緑であった。倒木などを整備すればつつじの山、「花の山」として町興しに貢献できそうだ。危険箇所が二箇所あり初心者には無理である。行程は7時間を要する。

用瀬には、秋葉山《あきばさん》のつつじもあり用瀬町は「つつじの里」として関西圏からの来訪者も期待できるのではないか。

二　全山ツツジの用瀬アルプス

平成30年5月17日　日本海新聞　散歩道

それは用瀬町、三角山と、おおなる山を中心とした連山。淡いピンクの小葉三つ葉ツツジが淡緑の新芽の中に広がっていた。街からは見えなくて残念。久しぶりに三角山正面から登り改めて自称・因幡槍ヶ岳こと三角山頂の大巨岩に鎮座まします猿田彦神の社前に展開する大パノラマ風景に感動した。展望は文句なし、千代川の清き流れ、青き日本海、因幡街道はのどか、明るく正に春爛漫。我々6人も歓声を高らかに挙げた。三角山頂裏裾の大岩壁に感嘆し見上げつつ回る。おおなる山への稜線に出ると三角山の表大岩壁の偉容に感激は更に高まる。山紫水明の日本画を仰ぐよう。おおなる山への稜線歩きは最高！　稜線眼下の双方に展開するツツジは途絶えることはない。少しばかりのスリルと度重なるアップアンドダウンは縦走の醍醐味！　岡山側の三国山、鷲峰山、兵庫側の扇山、氷ノ山も遠望。おおなる小屋が完成、材木運びは大変だったろうと苦労を偲ぶ。山道の整備も完成度が高い。鳥取県の山は間違いなく西の大山と東の用瀬アルプスが光る。おおなる山の新しい山頂標識前には素敵なベンチ、我々はノンアルで乾杯し夏の思い出などを大合唱、こだまは響き渡った。この山系は蒜山《ひるぜん》三座縦走に負けない全国版ツツジ山であると全国150名山を踏破した愚生も唸る。最高峰・洗足山直下に早くもシャクナゲも開花し感激。完成度の高いルートとなった、聞けば用瀬エコ会長の田淵貴久氏の燃えるような郷土愛に引き寄せられた地元人と町役場元建設課長・坂本氏との阿吽の呼吸が源泉らしい。小屋資材3トンも田淵氏の情熱のしからしむもの。この山系に過去と比べて登山者は10倍増、魅力溢ふれる連山だ！

三　神成り轟く三角山・山頂神社

平成30年10月5日　日本海新聞　私の視点

とっきんざん・頭巾山、用瀬アルプスの盟主・三角山頂神社宵祭り夜間登山を齢・米寿にして遂に果たし得て感激！　山頂では日本海鳥取港沖の漁火が数多く見えた！　深紅の夕日が鷲峰山に沈む！

眼下の用瀬の町の夜景……こんなに山頂夜景が素晴らしいとは想像しておらなかった。

三角山神社紋は揚羽紋。鳥取藩主池田家と同じ。参勤交代の時、因幡街道用瀬宿に着かれると池田藩主は日本神話天孫降臨で重要な役割の猿田彦を祀る三角山頂の鋒鍚《ほうしゃく》大権現を遥拝された。

木彫りの本殿は指定文化財で権現石、影石、重石、富士石、天狗石、万燈石と呼ばれる巨石があり圧倒される！

私はこの由緒ある夜祭に幼少時は弱くて登れず山頂籠り堂に籠れなかった。今回、敬友・椋泰一氏と挑戦、少年時代の夢を果たし終え感慨一入深い。

田中宮司の祝詞により一同拝礼、私が代表して玉ぐし奉奠《ほうてん》、途端に雷鳴が轟く！「神成り」だと震撼！　神のお慶びであろう。宮司は永年、拝殿に一夜籠られ拝礼を続けられている。今回は用瀬エコ主催、参加者十数名、素晴らしい夜景に全員酔い痺れ感動の声が高くこだました。

山麓の女人堂拝殿には長尾鳥取神社庁首脳を始め数名の神官が勤められた宵宮祭り、松明行列に百数十人の参加があった由。神社より参拝記念に美味い「頭布山煎餅」を拝受した。

午後5時より38度炎天下の登りの大汗もすっかり忘れ、大汗は全ての体の毒と心の澱みを大掃除してくれたらしく実に爽快な気分で午後9時に下山した。再び雷鳴が轟いた。まさに「神成り」、神は嘉《よみ》された。

六、大自然畏敬

一　相次ぐ災害　根源は人間

令和2年10月7日　日本海新聞　私の視点

世界は一変した。一瞬にして暗転した地上の人間世界、そこに人智を超えたものを感じるのは私だけであろうか。そこに宇宙の、大自然の意思を感じる。

大宇宙、大自然には絶対秩序があり、人間がそれを侵したのかもしれない。人類の飽くなき自然破壊、地球の生態系を侵したのかもしれない、地球の琴線に触れたのかもしれない。人類は大自然と余りにも対決してきたのではないか。森林を破壊し、大地を崩し、そのため他の動植物を追い詰め、また二酸化炭素を過剰排出し温暖化を招き巨大台風を招いた。為にツンドラが溶け、北極地方の氷河が溶け、結果、隠れていた新種ウイルスが現れたと言われる。

コロナウイルスで世界は大混乱に陥ったが、巨大リスクがウイルス以外に現れていた。70年ぶりにサバクトビバッタとツマジロクサヨトウの二大害虫が大量発生し、インド、中国の穀倉地帯を襲う危険が予測されている。既に東アフリカで発生したこれら害虫はパキスタン、インドに飛来し小麦を食い尽くし中国に向けて移動中といわれる。不気味な小麦相場の動きが気になる。ウイルスやバッタなどの大量発生は過去にも起きている、だが、根源は人間の飽くなき自然破壊に在ると思えて仕方がない。

二　大自然畏敬

令和3年1月16日　日本海新聞　私の視点

新年おめでとうございます。イデオロギーとは人間行動を左右する根本的な物の考え方、観念形態、社会的立場、政治思想で、人間の思考の言いである。ソ連は主義を70年続けたが人間を幸福にさせなかったから終焉した。

戦後安保闘争の時、全学連で大反対した青年も経営者になったり還暦になったりすると真反対の立場で穏やかに暮らしている。人間とは間違える存在だ。イデオロギーは人間の思考の所産であり、時代は進化して適応不能となり得る。古代に神と信じたものを古代人間のイデオロギーとするならば、21世紀の進化した文明と相容れなくなってしまうのは自明であろう。

人間は神を斎き祀ってきた。だが誰一人、神様を見た人はいない。見たと信じた預言者の言葉から中近東に宗教が起き現代も墨守している。欧州、中近東は古代から現代まで戦争の絶え間がないのは歴史的事実で根本的思い込みが間違っているのかもしれないと思う。イデオロギーだからではないか。

日本人は天照大神を拝む、天照を太陽・大自然の原理や化身とするならば、人間は地球上の生き物であり、山川草木おしなべて太陽のお陰であり、これは地球の原理に合致する。日本は二千年間、天皇をシンボルとしている、即ち大自然の原理である天照に重ね、国民は安心して一所を懸命に工夫して生きてきた。間違える存在である人間の生み出したイデオロギーでなく、大自然を畏怖し神としてきたから間違いなかったのであろう。人間は大自然の産物で大自然の原理に従って生きるのが正しく最高の幸せである。

それは日本の天照即神様の原理なのであろう。二礼二拍手、それにより心身共に払い給う再生の儀式、蘇りであろう。

七、命の旅

命の旅

平成14年4月26日　日本海新聞　潮流

気づいた時、人は既に命の旅をしている。その道を人は人生という。宇宙の一生命にすぎない人間の命は滔滔たる大宇宙の命の大河の小さな、小さな存在にすぎない。自覚のないままに、この命が与えられ、歩いていた人生という旅。生命の溢れる若いときには無我夢中にひたすら前を見て歩くのみでこの道の儚なさに気づかない。この命なるものに気づくのは、生命に限りがあると知る年齢に達する頃というのは愚かな私だけであろうか。私達は命の旅をしている。終着駅のある命の旅を。

人生は旅

その人生を旅ともいう。旅、これは我が家を出て一時的に他の地に行くことであろう。とするならば、今は人生という道を旅しているが、命の故郷はやはり大宇宙なのであろう。旅は憂いものつらいものという。頼るものもない旅は人生に似ている。旅は情け、人は心という。人の情けが身にしむのは旅であり、実人生のことでもある。旅は道ずれ、世は情け。旅で見知らぬ人が助け合い人情に触れるのは美しく、悲しく嬉しいものだ。人生の旅も同じであろう。旅も人生も疲れてしまうことがある。「疲れたら道端の石に腰かけて暫く休むがいい、人もそう遠くには行くまいから」と言ったのはドストエフスキーであった。この言葉は若いときから妙に印象深い。

一日も旅

その人生を凝縮すれば一日の集積である。その一日も旅だと思う。朝、目覚める、洗面する、朝食をとる。新聞を読む、出勤する。労働して命の糧を得る。一日にはいろんな方と出会う、いろんな現象に遭遇する。喜び、悲しみ、そして感動もある。夕べとなれば帰宅して家族と団欒し、趣味に耽り一日の無事を感謝し就寝する。私は毎朝着替えながら思う、さあ今日も旅の始まりだ元気で今日の旅をしようと。いろんな生活があろうが、一日中、人は動き回り、疲れては休む。家で休むのは疲れたり病気になったりした時のみである。家の中でさえ、動き回り、旅をしているのだ。まさに動くことが人生であり、旅ではなかろうか。大宇宙も、大自然も、常に変化し動いてやまない。停滞とは旅の終わりの近いことかもしれない。命の本質は動くことと見つけたり。生きるとは動くことであり、生命とは動くことなのであろう。動くのは旅である、だから旅こそ人生と言える。

旅行

人生の旅については稿をあらためるとして、旅行という旅について語りたい。旅行も感動であり、ふれあいであり、発見である。さして、趣味もない私達夫婦は40代となり子供達が大学に行き始めると、心して旅行を始めた。最初は日帰りで夜の留守をしない事を原則とした。現役の真っ最中であった。計画的に旅行に深く入ったのは退職直前からであった。引退は還暦と同時でありそれから丸11年経過した。知らぬ間に旅行のルールが出来ていた。

私達の旅のルール

①ノンフライト……………飛行機は嫌い。
②ウイークデイに限る……暇だから。
③国内に限る………………海外は面倒で危険。
④ローカル線探訪…………未知の発見と伝統探求。
⑤フルムーンを活用………楽で安い。
⑥露天風呂大好き…………開放感とぬるめ。
⑦宿は直接手配……………研究成果の確認。
⑧団体パックは使用しない……拘束されるのは嫌。
⑨自然風物を主とする……人工には飽きたから。
⑩ケバケバシイ料理宿を敬遠……実質を探求。
⑪鉄道の路線マップを赤く塗る楽しみ。

ざっと、こんなルールが出来ていた。

歌のある風景

旅は感動である。そして、歌も感動であろう。無理して作らない。人に見せるためではない。自分のメモみたいなものでいい。日本という四季のある美しい国に生まれ、海に四海を囲まれ、緑濃き山々や水明の河川に育まれた日本人。アフガンや中国の殺伐たる風景を思い起こすがいい。緑多きこの国土に生まれ、やがて命の旅の終わりを思う時、心してこの国の凡てを見たいと思ってもなにも不思議はない。さあ、どこから旅について語ろうか。

八、危機に直面している人類

危機に直面している人類

令和2年7月20日　日本海新聞　私の視点

森に関して多々、思考を重ねていたら遂に、人類は自壊への道の危機に直面しているような結論に達した。近代文明の発祥はヨーロッパであるが、確かに「人間の欲望を解放するには最も優れた文明」であると思われる。人間の幸福の為なら、どれだけ森林を破壊し、大地を崩しても構わない。それにより他の動植物を殺傷し続けた人類。

地球の生態系の均衡が崩れる所まで到達しつつあるのではなかろうかと思っても不思議ではない。地球は有限なのである。

地球に自立的生態があるとすれば、その均衡を破るところまで来つつあるから異常気象を招く。それは温暖化のみではない。生態系に含まれる大自然の森林を始め人間以外の動植物の減少が持つ作用を含めて齎したものではないかと私は感じる。

自然界には自然淘汰があるが、コロナウイルスを見て人間種にもあるのかもしれないとすら思ってしまう。

人類の生活可能の許容限界は50億人と言われたことがあるが、現在人口は70億人。

２０５０年には地上の人口は１００億人突破といわれる。地球の資源許容量を遥かに超えているのではないか。地球に存在するもの全ては、それなりの均衡を保っていたのではなかろうか。

地上に存在するものの共生と循環は地球の持つ本来の均衡ある姿ではなかろうか。

地上の存在物の共生と循環こそ、今こそ人類は気がつかねばと思う。ここまで思考して、なんだ、それは日本人が古来から持つ「共生、循環の自然観」ではないかと気がついた。

終わりに

ヨーロッパは、中世以降、現代まで戦争の連続である。戦争が絶えない。ウクライナの悲劇は痛ましい。

だが、歴史を回顧すると古代ローマ帝国、紀元前後の３００年間は、日本の徳川時代の３００年間と共に平和な時代であり、歴史的に印象深い。古代ローマ帝国時代は、多神教であった。徳川の日本は元々、やおよろずの神々、八百万の神の国である。同じことである。八百万も多神教も同じことである。それは、大自然を愛し、自然の恵みに感謝する、大自然崇拝である。大自然破壊の思想はなかつた。現代のような大量生産、大量破壊の思想はヨーロッパから生まれている。地球は有限である。現在、地球の異常気象は異常極まりない。人間は大自然の産物である。21世紀の今、それが問われている。

かかる時、先祖の叡智で残された日本の山々、日本の自然、手つかずの原生林地帯、それらは、神様の衣装箱かもしれない。

令和4年10月10日

徳永圀典　91才

亡き妻・陽子に捧げる

〈著者紹介〉

徳永圀典（とくなが くにすけ）

昭和６年　鳥取県用瀬町生まれ。
鳥取木鶏会会長（創立39年）、徳永日本学研究所代表、新しい歴史教科書をつくる会鳥取県支部顧問。
教育を考える鳥取県民の会顧問、日本語の誕生歌詞普及会長（創立33年）、登山家。

職　歴　住友銀行本店外国部、本店営業部外国為替課、29才で神戸支店外国副課長となり、外資系・外国関係10年、神戸支店取引先課長、大阪で支店長を歴任、本店人事部審議役。住友銀行山岳会長。住銀傘下ふそう銀行取締役・本店営業部長を経て代表取締役常務。還暦で現役完全引退。鳥取県自治研修所講師４年。
文筆活動　日本海新聞・潮流に各月寄稿25年。山陰政経研究所寄稿。
インターネット活動26年　徳永日本学研究所。

著　書
「人類最高の良いこと」（米子・山陰ランドドットコム、2004年）
「日本人の誇りと自信を取り戻す33話」（東京・コスモ21、2013年）
「日本を哲学する ――国に徳あり――」（東京・幻冬舎、2022年）
「亡国の地鳴りが聞こえる ――混迷の奥に見えるもの――」
（東京・幻冬舎、2022年）
「平成の大乱」「私の憂国放論」「日本の神様は大自然の原理そのまま」「母『静心院妙唱日琴大姉を偲ぶ』」「用瀬アルプス物語」「岫雲塾講義録」「手の日本文化論」「これぞ声無き『民の声』」「徳永の『近・現代史』」「銀泉誌徳永圀典寄稿総括集」「天の法廷」「神様の衣装箱」「佐藤一斎先生『言志四録』口語訳 四巻」

総合監修　鳥取木鶏会・活学三十年史。

講演活動　全国神社庁青年神職研修会。中国地方中堅神職研修会。八頭郡敬神婦人会。総理府鳥取地区研修講師。鳥取県自治研修所講師、県民文化会館、鳥取市文化ホール、米子市、倉吉市、鳥取市、大山町、智頭町、琴浦町、東伯町、郡家町、松江市等々で講演、出版記念講演。住銀時代には甲子園研修所、関西財界企業三千社に中之島フェスティバルホールで人権講話。鳥取市用瀬町にて登山講演「山を思えば人恋し」。東部鳥取県職OB会「健康と登山」。

登　山　全国二百名山の百五十名山登山。大峰奥駆道等熊野古道六ルート、紀伊半島は完全踏破。関西百名山、宍粟五十名山完全踏破。日本百名山は70才台で六十山踏破。用瀬アルプスを鳥取市に提案し実現。用瀬アルプスおおなる小屋と六郎木小屋看板揮毫。おおなる山に山頂標識を米寿記念に寄贈。

神様《かみさま》の衣装函《いしょうばこ》

2023年2月8日　第1刷発行

著　者　　徳永圀典
発行人　　久保田貴幸

発行元　　株式会社 幻冬舎メディアコンサルティング
　　　　　〒151-0051　東京都渋谷区千駄ヶ谷4-9-7
　　　　　電話　03-5411-6440（編集）

発売元　　株式会社 幻冬舎
　　　　　〒151-0051　東京都渋谷区千駄ヶ谷4-9-7
　　　　　電話　03-5411-6222（営業）

印刷・製本　中央精版印刷株式会社
装　丁　　加藤綾羽

検印廃止

Printed in Japan
ISBN 978-4-344-94392-6 C0095
幻冬舎メディアコンサルティングＨＰ
https://www.gentosha-mc.com/